W0354746

J.V.

Lea Goldberg

Briefe von einer imaginären Reise

Aus dem Hebräischen
von Lydia Böhmer

Jüdischer Verlag
im Suhrkamp Verlag

Titel der hebräischen Originalausgabe: *Michtavim mi-nessia meduma*
(Tel Aviv 1936/37)

Erste Auflage 2003
© der deutschen Ausgabe:
Jüdischer Verlag im Suhrkamp Verlag
Frankfurt am Main 2003
© Sifriat Poalim 1982
Alle Rechte vorbehalten,
insbesondere das des öffentlichen Vortrags
sowie der Übertragung durch Rundfunk und Fernsehen,
auch einzelner Teile.
Kein Teil des Werkes darf in irgendeiner Form
(durch Fotografie, Mikrofilm oder andere Verfahren)
ohne schriftliche Genehmigung des Verlages reproduziert
oder unter Verwendung elektronischer Systeme
verarbeitet, vervielfältigt oder verbreitet werden.
Druck: Nomos Verlagsgesellschaft, Baden-Baden
Printed in Germany
ISBN 3-633-54192-6

1 2 3 4 5 6 – 08 07 06 05 04 03

Briefe von einer
imaginären Reise

Ein wirklicher Brief über eine imaginäre Reise, zugleich ein Vorwort

Du,
es regnet vielleicht nicht, doch die Fenster erinnern sich an das Regengrau. Es ist kalt. Ich sehe den Rücken des Briefträgers. Er geht in das Haus gegenüber. Mein Briefkasten ist leer, wie gewöhnlich: Jene wenigen erlösenden Worte, die mir die Grenzen der fremden Länder öffnen könnten, sind noch nicht geschrieben. Ich bin noch hier. Bin noch nicht abgereist. Doch ich habe mich von Dir verabschiedet, obwohl auch Du noch hier bist, vielleicht sogar in meinem Zimmer. Und dennoch kann man die Augen kurz schließen, dem Brummen des Ofens lauschen und sich vorstellen, man sei schon auf der Reise, sei schon unterwegs. Ja, auch eine erdichtete Reise ist reich an Begebenheiten und Erlebnissen.
Meine Heldin – Ruth – könnte, wie ich, in einer Zeit über dem Abgrund des Nichts leben. Sie weiß, daß sie reisen muß, der Weg jedoch ist ihr versperrt. Und vorläufig wird alles mehr und mehr zu Vergangenheit. Und sie hält sich an einer erdichteten Reise fest. Ruth ist kein sentimentales Fräulein. Sie schreibt Liebesbriefe, doch nicht, um sie später im Ofen zu verbrennen. Sie hat ein literarisches Ziel. Wirklich intime Briefe kann man nicht veröffentlichen. Deshalb habe ich eine Heldin gewählt, deren Name nicht meiner ist, und der Name ihres Geliebten ist nicht Dein Name. Wenn Ruth mir ähnelt und der, an den sie sich wendet, Dir, so sind sie dennoch nicht ich und nicht Du – sie sind Figuren, imaginär wie die Reise.

Ruths Geliebter heißt Immanuel. Sie nennt ihn zärtlich »El« und kurz »Immanulino«. Oder umgekehrt.

Ihre Beziehungen sind nicht geordnet – erstens, weil sie den unseren ähneln, und zweitens, weil es langweilig wäre, über geordnete Beziehungen zu schreiben.

Den Inhalt dieser Briefe kann man mit dem Titel eines lateinischen Buches aus dem Mittelalter benennen – *Über alle Dinge dieser Welt und über noch etwas* –, und Du weißt ja, die Hauptsache ist jenes »noch etwas«, denn »alle Dinge dieser Welt« zwischen mir und Dir, was sind sie? Es gibt ein französisches Wort, das den Charakter dieser Briefe ein wenig zu bezeichnen vermag: »Causerie«. Übersetzt wird daraus etwas Schwerfälliges und Beleidigendes: »Geplauder«, »Plauderei« – das meine ich nicht. In »Causerie« klingt auch eine von einer vornehmen Großmama auf einem ächzenden Klavier gespielte Melodie an, eine zarte, altmodische Melodie.

Die Städte, über die Ruth schreibt, sind nicht mehr als Seifenblasen, die in der Phantasie geboren werden, wenn die Temperatur der Seele auf 39,9 Grad steigt. In jeder Seele gibt es eine Sammlung alter Holzschnitte, die seit den Tagen der Kindheit in ihr aufbewahrt sind – Bilder von Traumstädten, fern und kostbar. Und es ist eins, ob man diese Städte wirklich sieht oder nicht sieht, nachdem man diese Holzschnitte in seiner Seele gesammelt hat – ihr Bild verändert sich dadurch nicht. Es ist an die Wirklichkeit nicht gebunden. Eigentlich ist ja die ganze Welt für uns ein einfacher Holzschnitt, überhaupt nicht groß, das Bild einer Phantasiestadt – denn wenn es nicht so wäre, wie könnten wir dann »die

ganze Welt« in uns tragen, mit ihren vielen verschiedenen Einzelheiten? Ruth hat in ihrem Leben die meisten Städte, die in ihren Briefen geschildert sind, nicht gesehen. Sie sind nur das Echo von Assoziationen, ein Gemisch aus Versen, Bildern und seelischer Gestimmtheit. Vor jedem einzelnen ihrer Briefe wird sie vor ihren Lesern auftauchen, wie sie im Zimmer ihrer Heimatstadt sitzt und dort einen Brief aus Paris oder aus Brüssel schreibt. Ich schreibe dies so, wie Wachtangow *Turandot* inszeniert hat: Der Schauspieler schminkt sich auf der Bühne vor den Augen des Publikums – man soll nicht vergessen, daß er ein Schauspieler ist und nicht ein chinesischer Königssohn!
Die imaginäre Reise endet mit Ruths wirklicher Abreise, und das ist wohl gut so. Jemand, der tatsächlich den Boden der Fremde betritt, weiß vielleicht mehr als jemand, der in Gedanken in die Ferne schweift. Doch wer vermag es zu entscheiden?
Diese Briefe sind die Frucht von Ruths Einsamkeit. Die Frucht meiner Einsamkeit. Ich bringe sie Dir als Gabe dar – mit viel Melancholie und etwas Dankbarkeit. L.

1

Die Nächte des beginnenden Herbstes fielen vor Ruths Fenster herab wie reife, duftende Früchte. Die Grashüpfer draußen spielten eine wehe Melodie auf dem wunden Stundenklavier. Und in der Luft – zwischen Erde und Mond – hing noch der Atemhauch des Sommers – feucht und warm. Ruth erwachte in einer der Nächte und hatte plötzlich ihren Traum vergessen. Es schien ihr nur, es sei ein schöner Traum gewesen. Sie hob die Hand an ihr Gesicht, um ihr Lächeln zu betasten, und merkte nicht, daß die Hand eine Träne wegwischte. Gegen Morgen dann war da nur die Angst vor den hohlen Augen des Tages und Verlangen – wie Dunst auf den Lippen. Deshalb schrieb sie:

Eine Postkarte in sehr kleinen Buchstaben

Auf der Fahrt von
Marienburg nach Berlin.
20.10.34

El, Kind, dort gebliebenes Kind!
Ich weine nicht. Nun weine ich nicht mehr. Nur ist es mir etwas eng im Zugabteil mit dem großen Wort »für immer«. Außer ihm habe ich zwei Mitreisende: 1. Einen Arzt aus Estland. Jude. Heiser. 2. Einen Handlungsreisenden aus »Irgendwo« – mit einem Akzent, der amerikanisch sein will. Osteuropäischer Städtchenschlamm an den Lackschuhen und zu meiner Verwunderung … nicht ein einziger Witz. Im Abteil

riecht es nach holländischem Käse, schlechtem Parfum und billigen Zigaretten. Man spricht über Nationalität und Internationalität. Das Resümee lautet etwa so: Ein Füllfederhalter ist international, ein Füllfederhalter ist besser als eine Schreibmaschine, denn mit ihm kann man in allen Sprachen schreiben – siehst Du, auch das beginnt wie alle schlechten Anekdoten: Zwei Juden fahren mit der Eisenbahn ...

Und hinter dem Fenster – aufrechte, leichtfüßige Bäume eilig auf dem Weg zurück zu Dir, glänzende Schienen wie zwei nackte Arme, ausgestreckt, um die Hüften der verlassenen Heimat zu umarmen, die mir nicht nachtrauert. Entfernt es sich denn, das alles, entfernt es sich wirklich?

In meinen Ohren summt wie eine verzweifelte Stechmücke das Gespräch der beiden Fremden. Ich fange an zu dösen. Ich weine nicht. Und wenn ich mir das Licht und das Dunkel Deines Blickes über dieser Karte vorstelle, ist es möglich, daß ich sogar lächle. Ruth

2 Ein Brief über Begegnungen und über billige Moral

Der Abend im Zimmer war vertraut und unverständlich wie ein Hund, der seinen Kopf in den Schoß seines Herrn legt. Ruth blätterte in Gedichten und wunderte sich darüber, daß nicht sie sie geschrieben hatte. Die Trauer ferner Städte war in den Gedichten, menschliche Gesichter schienen auf in ihnen und vergingen – blaß und fern – wie Turmspitzen, die oben im Fenster des Zuges vorbeigleiten. Sie sah das Zugfenster vor sich – sie schrieb:

Berlin, 21.10.34
Hotel Bamberger Hof

Immanulino,
ein wohlbekanntes Gefühl: Die Reise nähert sich Berlin, und ich bin wieder jene fünfzehnjährige Gymnasiastin, die erstmals zu einem Rendezvous eilt. Und wenn die Reise den Schlesischen Bahnhof erreicht hat und weiter Richtung Alexanderplatz galoppiert, und ich weiß, ganz genau weiß, daß sie auf dem Weg zum Zoo den grünen Teppich des Tiergartens durchquert, und ich den Anblick der sich um mich drängenden Hausdächer enträtsele, dann muß ich einfach daran denken, daß das dieselbe Stadt ist, deren Straßen meine Füße so sehr liebten. Eine seltsame Sentimentalität überkommt mich. Es ist nicht meine Art, vor Aufregung zu weinen, doch nun ist mir, als sei ich vor Aufregung den Tränen nahe.
Aus dem Zugfenster sehe ich eine der Nächte, die bislang noch nicht dagewesen sind – und denke: Also wird die Stadt

mich im Bahnhof Zoo treffen. Sie hat mich doch schon einmal dort empfangen.
Doch die Stadt kam mir nicht entgegen. Dürres Licht von dämmrig scheinenden elektrischen Straßenlaternen, einige Bahnbeamte und nackte Schienenstränge, die diese Stadt verlassen wollen. Niemand erwartete mich. Niemand erwartete irgendeinen anderen. Nur zwei oder drei Menschen stiegen aus. Die Reise durch die Stadt war an ihrem Ziel angelangt, menschenleer wie eine letzte Nachtfahrt an einem Montag. Der kleine Schelm, der rittlings auf meinem Herzen gesessen und mit seinen langen Beinen auf meinen Brustkorb geklopft hatte, höhnte: »›Friede ihrer Asche‹ sollte man zu dieser Stadt sagen«, doch es war auch Melancholie in seinen Worten.
In meinem Hotel wußte man, daß ich kommen würde. Es gab keinen Grund, sich zu beeilen, in das fremde Haus zu gelangen. Ich ließ meinen Koffer im Bahnhof und ging zu Fuß. Die kleine, vertraute Entfernung zwischen dem Bahnhof und der Bamberger Straße schmeckte meinen Füßen.
Doch die Straßen waren mir fremd. Die großen Schaufenster, halberleuchtet, wirkten leer, wie die blinden Augen einer Königstochter im Märchen. Nur in einem der Fenster, über dem die Aufschrift »Eiscreme« lockte, drehte sich ein rotschwarzes Hakenkreuz.
Als ich in die Tauentzienstraße einbog, bestürzte mich die Dunkelheit. Und vielleicht war es nicht die Dunkelheit, vielleicht war es die Leere. Zu dieser überhaupt nicht späten Stunde verfolgte mich Kästners Gedicht:

»Nachts sind die Straßen so leer.
Nur ganz mitunter
markiert ein Auto Verkehr …«

Ich war erzürnt. Mich jammerte dieser wilde Rizinusstrauch, an dem ich mich nicht abgemüht, den die Väter meiner Väter nicht gepflanzt.

Früher liebte ich dich, Berlin. Ich liebte die Eitelkeit und Schmucksucht hier in diesen Straßen und die Düsterkeit der Blicke im Wedding, die hellerleuchteten Schaufenster im KaDeWe und den Heringsgeruch am Alex, deine Gestalt, mannigfaltig und unverständlich wie die Seele eines vertrauten Menschen. Und nun treffe ich auf eine fremde, abweisende Stadt.

Es könnte sein, daß wir einander in einigen Jahren so begegnen werden, El. Meine Reise wird fiebern und jubeln, wenn sie sich Dir nähert. Aber Du wirst nicht am Bahnhof auf mich warten. Und wenn ich dann zu Dir komme, werde ich einen vollkommen abweisenden Blick vorfinden und eine kalte Hand, die mir nur etwas Haß entgegenbringt. Und doch wirst Du es sein.

Im KaDeWe waren die Fenster noch erleuchtet, groß und verzweifelt schauten sie zur Straße. Das Gebäude erweckte aus irgendeinem Grund den Eindruck eines im Herzen der Stadt prangenden Berges. Das pflegte mein Heimweg zu sein. Vom Theater, von einem Besuch bei Bekannten. Nachts. Vor den Schaufenstern des Kaufhauses flanierten aufgeputzte Prostituierte, in Pelze gehüllt, mit Stiefeln, die bis zum Knie reichten. Rote, gelbe, schwarze Stiefel. Ich erinnere mich noch, wie bestürzt ich mit meinem neunzehn-

jährigen Verstand war, als ich erfuhr, daß jede Stiefelfarbe das Zeichen für eine bestimmte »Sorte« von Prostituierten war. Die schwarzen – für Sadisten, die gelben – für Masochisten, die roten – »einfach so«. Diese Einteilung verfolgte mich wie eine persönliche Schande. Es gab vieles, das ich den Menschen damals nicht verzeihen konnte. Jetzt hätte mich dies nicht mehr bestürzt, obwohl ich, zu Deiner ewigen Verwunderung, zu dem Typus Menschen gehöre, die sich zu wundern und sich zu schämen wissen. Mein Inneres hat sich noch nicht in eine Fabrik für skeptisches Lächeln in jedem Falle verwandelt. Etwa dies: Im Norden der Stadt und am Nollendorfplatz spazieren herausgeputzte und geschminkte Knaben und warten auf Kundschaft. Sie könnten noch Mutters Märchen von der Rache der Ziege am Wolf lauschen und glauben, daß es auf der Welt noch redliche und siegreiche Ziegen gibt. Sie könnten noch auf der Schulbank sitzen und eine erste Abhandlung über den Anarchismus lesen. Oder das: In heruntergekommenen Spelunken im Osten der Stadt weinen kleine Mädchen, wenn sie von ihren Liebsten geschlagen werden, weil sie während der Nacht »arbeitslos« waren; sie trinken Bier und weinen, weinen und trinken Bier. Diese und jene – was ist schrecklicher?
Hier, an der Ecke Tauentzien und Passauer Straße, ging immer ein blondes Mädchen auf und ab, mit schwarzem Pelz und hohen roten Stiefeln. Ungefähr siebzehn Jahre alt, vielleicht auch nur sechzehn. In kalten, regnerischen Nächten stand sie hier. Ihr nur wenig geschminktes Gesicht wirkte fröhlich. Mein Gesicht, wenn ich an ihr vorbeiging, war traurig. Sie pflegte zu lächeln und mich mit einer mir nicht

erklärlichen Freundschaftlichkeit anzuschauen. Es schien mir manchmal, als wollte sie mich grüßen. Und ich konnte es ihr nicht verzeihen, daß sie mich nicht haßte. Ich schämte mich dafür, daß ich aus dem Theater kam. Daß ich den Tag an der Universität verbracht hatte und daß ich, falls es jemand gewagt hätte, mich in dieser dunklen Straße anzusprechen, dann an ihm mit einem Ausdruck der Verachtung, gemischt mit Angst, vorbeigeeilt, in mein vor aller Welt verschlossenes Zimmer hinaufgegangen und eingeschlafen wäre. Und ich schämte mich dafür, daß sie in einigen Jahren zum Arzt gehen und haßerfüllt von ihm genau das vernehmen würde, was ihre Ängste ihr angekündigt hätten, und nach einigen weiteren Jahren, ohne je ganz genesen zu sein, verbraucht und häßlich, auf der Bellevue stehen und »billig« sein würde, statt der roten Stiefel würde sie nun eine riesige Ledertasche tragen, und in einer der Banken würde vielleicht das Konto mehr und mehr anschwellen, doch es würde keinen Grund mehr geben, zu Ernst oder Otto zurückzukehren, um dessentwillen sie früher das »Geschäft« begonnen hatte, denn Otto würde zwei Kinder haben, eine keifende Ehefrau, die Vergangenheit eines erfahrenen Kellners und eine Arbeitslosenkarte in der Tasche, und es würde auch nicht mehr das Bestreben geben, eine kleine Wohnung zu mieten und dort in Ruhe zu leben, ohne fremde Menschen, ohne Männer, dem idyllischen Plan früherer Jahre entsprechend, und es würde auch niemanden geben, dem man die auf der Bank liegende Summe vererben könnte, eine Summe, die ganz und gar nicht klein sein würde (die Einnahmen auf der Tauentzienstraße waren recht anständig). Und ich – ich werde nie ein Bankkonto besitzen. Ich werde meinen Weg machen von Entbehrung zu Entbehrung, von Einsamkeit zu Einsamkeit, doch »zu jeder Zeit sollen meine Kleider weiß sein und soll es an Öl auf meinem Haupt nicht mangeln«. Ich schämte mich vor ihr mit jener brennenden Scham meiner neunzehn Jahre. Spotte nicht, El, das war früher ... jetzt schäme ich mich, mich zu schämen.

Ich wollte sie wiedersehen. Und da, gleich hinter dem nächsten Haus, blinkten schon die roten Stiefel, doch der Regenmantel war alt und schäbig und darüber ein alternder, häßlicher Kopf – die Moral hat sich im Naziregime nicht verändert, sie ist nur billig geworden.

Die Bamberger Straße war immer leer zu dieser Stunde, doch die wenigen Passanten wirkten gesellig und zu Späßen aufgelegt. Ich erinnere mich, daß mich an einem Abend, als ich mit energischen Schritten nach Hause eilte und meine Sportschuhe auf den Bürgersteig trommelten, ein alter Deutscher über zehn Minuten lang verfolgte, nur um mir zu sagen: »Oha! Sie jeh'n ja wie ein Drajoner, Frollein!«

Heute bewegen sich hier nur lustlos einige einsame Schatten. Eine Tür. Mein Hotel. Das Haus ist unverändert. Die Inhaberin ist eine Jüdin aus Osteuropa. Das Hotel gibt es ungefähr seit 1919, und es existiert, zu meiner Verwunderung, heute noch. In jeder Epoche wurde es von den Kümmernissen der Zeit in Mitleidenschaft gezogen, doch es hält stand und besteht fort. Zu der Zeit, als Berlin ein Zentrum der russischen Emigration war, wohnte hier Andrej Belyj. Er beneidete die Fische um das Glück, das ihnen der Schöpfer in den Meerestiefen bescherte, jeden Tag rühmte er seinen Vater,

Professor Bugajew, prophezeite, daß von allen Tänzen nur die »Unendliche Quadrille« eine Zukunft hätte (er tanzte auf dem Fußboden die Zahl Acht), und verschwand von hier eines Morgens aus heiterem Himmel. Zur Zeit der Inflation wurden hier Millionen, Billionen, Trillionen geboren und zunichte. Zur Zeit der großen Arbeitslosigkeit weinten hier in ihren Zimmern die Friseurlehrlinge und die Stenotypistinnen, weil man sie entlassen hatte, und verschwanden, ohne ihre Miete zu zahlen, im Jahrmarkt der Viermillionenstadt. Und jetzt ist hier alles verschreckt und blaß, alles flüstert – es flüstern die Pfannen in der Küche, es flüstern im Korridor die Wirtin und das Dienstmädchen, es flüstern in ihren Zimmern die Mieter. Alles macht den Eindruck einer konspirativen Wohnung, die sich für eine Revolution rüstet, doch hier werden keine Revolutionen geboren.

Das Fenster meines Zimmers schaut auf die Straße. Es ist spät. Ich bin, nach einem ganzen Tag Lauferei in meinen verschiedenen Angelegenheiten, müde und will doch nicht schlafen. Von Zeit zu Zeit hält die Straßenbahn vor meinem Fenster. Ich weiß: Niemand wird hier aussteigen, niemand wird mich hier aufsuchen. All meine Freunde sind schon längst von hier weggegangen. Und dennoch habe ich morgen ein Rendezvous mit zwei Geliebten aus vergangenen Tagen (wenn Du bloß die Begabung hättest, meinetwegen ein wenig eifersüchtig zu sein!), mit zweien, die sich nie ändern, die in diesem abweisenden Berlin, zwischen Hakenkreuzen und Braunhemden, ihre kostbare Eigenart bewahrt haben – der eine mit dem herzergreifenden Lächeln, der andere mit der Trauer, die die Tiefen des Seins erschüttert:

»Der Junge Herr« von Botticelli und »Der heilige Sebastian« von Ribera.

Die Straße vor meinem Fenster fällt in den Schlaf.

»Nachts sind die Straßen so leer …«

Gute Nacht, El. Träume nicht von mir heute nacht. Ich werde nicht zu Dir zurückkehren. Ruth

3 Ein Brief über Kaffeehäuser und über E.T.A. Hoffmann

Ein Mann und eine Frau gingen am Haustor vorbei. Die Frau lachte, und Ruth erkannte ihr Lachen. Sie erschrak, sie wußte: El. Heute abend wird er nicht kommen. Am Abend war es verhangen. Niemand war im Haus. Wie aus einem riesigen Keller stieg die Kälte der Stunden zu ihr hinauf. Umhüllte sie mit grausamen Gletschern der Einsamkeit. Das ganze Haus, vom Fundament bis zum Dach, wußte um ihre Sehnsucht, und das wollte sie ihm nicht verzeihen.

Berlin, 23.10.34

Immanulino,
wenn der Abend kommt in dieser fremd gewordenen Stadt, denke ich daran, daß Du »dort« bist, heimgekehrt von der Arbeit, Du sitzt auf dem Sofa mit einer jungen Frau, die in Deinen Augen sehr schön ist, und Du sagst ihr alles, was Du mir nicht sagtest.
Deshalb möchte ich nicht an Dich denken.
Doch im Zwischenhalt meines Zimmers gibt es eine Uhr, die zu mir spricht: Jetzt ist es genau neun Uhr. Jetzt legt er seine Hände auf ihre Augen und sagt ihr ...
Deshalb bin ich allein ins Kaffeehaus gegangen.
Und weil im Romanischen Juden sitzen und in der ausländischen Presse nach Sensationen suchen und weil es die Lunte nicht mehr gibt und weil die Jünger, die vor den Mysterien der Else Lasker-Schülerschen Erscheinung niederknieten,

schon längst den Tempel des Cafés des Westens verlassen und ihren Ölberg im Dôme und Coupole in Paris und an den heiligen Stätten Prags gefunden haben und weil Menzel, der im Josty zu sitzen pflegte, gestorben ist, noch bevor ich geboren wurde, und weil in den Weinstuben Lutter & Wegner ranghohe Nationalsozialisten sitzen und für eine langgehütete Flasche Wein Summen zahlen, die mein Portemonnaie nie gekannt hat, wegen all dieser Weil und wegen noch vieler weiterer Weil sitze ich im Quick – einem Automatenrestaurant, das unsere Brüder, die Kinder Israels, noch heute zu frequentieren pflegen.

Ich gebe zu: Hier ist es angenehm und bequem, an Dich zu denken. Und nur um ebendies nicht zu tun, denke ich an die obengenannten Kaffeehäuser, deren Zeit vorüber und deren Glanz ermattet ist und die mich wegen all dieser vielen Weil vertrieben haben. Die Blütezeit des Cafés Josty und des Cafés des Westens war vor meiner Zeit. Die Tatsache allerdings, daß die Lunte nicht gerade den Heldentod gestorben ist und daß das Romanische irgendein Zwischending von Lesesaal und Produktionsstätte für ohnmächtige Erbitterung geworden ist, macht mich wütend. Man sagt, daß dort, im Romanischen, die Löwen der Kunst zu sitzen pflegten. Ich selbst habe die Löwen nicht erblickt. Für all jene, die sich für hebräische Literatur interessierten, bot es eine »einmalige« Gelegenheit, wirre schwarze Haartollen von jungen Schriftstellern im Alter von vierzig Jahren und mehr zu beschauen, die einst in irgendeiner Zeitung einen Teil eines nie vollendeten Poems oder Romans veröffentlicht haben mochten. Einmal sah ich hier Bernhard Kellermann von hinten, und an einem Silvesterabend zerbrach Alexander Granach hier einige Gläser. Man erzählt auch, daß einer unserer jüdischen Poeten hier den Versuch unternahm (der Tradition seines halbasiatischen Heimatlandes entsprechend), einen Zwanzigmarkschein zu zerreißen, doch der Schein war der letzte Mohikaner in seinem Portemonnaie und die Hoffnung auf Honorare ganz und gar ohne Grund, so kehrte der Geldschein gesund und wohlbehalten in die Hosentasche des Poeten zurück, und die wundersame Vorstellung brach unvermittelt ab. Doch an den anderen Tagen des Jahres saßen hier, wie gesagt, Haartollen mit halben Poemen und Romankapiteln, und ein alter morphiumsüchtiger Maler, das »Kaffeehausungeheuer«, wie er genannt wurde, flanierte immerzu zwischen den Tischen auf und ab, und all die »Kunstlöwen« gaben die Hoffnung auf Mäzenatentum und Ruhmesglanz auf, tranken Kaffee, spielten Schach, rauchten und pflegten den Tratsch.

Die Lunte war die jüngere Schwester des Romanischen. Jünger und romantischer. Allerdings war es nicht die Romantik der blauen Blume, sondern die der »roten Fahne« der Kunst. »Köpfe werden rollen!« Die Boheme hier war zwischen achtzehn und dreißig Jahre alt und wünschte inständig, in allem den Regeln und Gesetzen der Boheme zu entsprechen (das heißt: ohne Regel und Gesetz zu sein). Es war eine rote Boheme, die all die aufgedonnerten Damen mit Pfiffen empfing, die ihre prächtigen Automobile an der Straßenecke stehenließen und hierherkamen, um zu sehen, wie die proletarische Kunst ihre Abende verbrachte. Niemand weiß allerdings, ob die Proletarier bei der nächtlichen

Heimkehr nicht doch von prunkvollen Automobilen träumten. Die zentrale Figur war die Wirtin, eine kleine Jüdin mit zerzausten Haaren aus Schlesien, voller Energie und Ideen, mit einer Vergangenheit, reich an Ereignissen und Strapazen der Wanderschaft von der Arbeitsbrigade im Lande Israel bis zur Eislebener Straße in der gesegneten Hauptstadt von Aschkenas. Man nannte sie Frau Lunte – wegen des ewigen Feuers der dicken Zigarre zwischen ihren Lippen. Sie hatte in bezug auf ihre Gäste besondere Sympathien und Antipathien. Die Sympathien bekamen mehr als einmal ein Abendessen, auch wenn sie keinen Pfennig in der Tasche hatten, jene aber, die die Gunst von Frau Lunte nicht gewonnen hatten, wurden niemals von ihr selbst bedient. Zuletzt war hier der Kellner Lukas König. Ein Roter, der zuvor ein Brauner gewesen war (was bist Du jetzt, Lukas? hat das Rad sich wieder gedreht?), er duzte alle, mich nannte er »Grogmädchen«, weil ich dort zweimal Grog getrunken hatte, er disputierte mit einer jungen Faschistin, die immer Pfeife rauchte (Die deutsche Frau raucht nicht!), und zwischen einem Disput und dem nächsten durchquerte er mit großen Schritten das Lokal von einer Seite zur anderen. Allerdings war der Raum auch klein. An den Wänden hingen etwas gewagte satirische Zeichnungen, und als die »Feinde« eines Tages das einzige Fenster der Lunte einwarfen, verklebte man es mit Papier und reparierte es nicht – so war es romantischer und proletarischer.

Man könnte den Unterschied zwischen der Lunte und dem Romanischen in Anlehnung an Oscar Wilde definieren. Der Unterschied zwischen einem Sünder und einem Heiligen sei, so Wilde, daß jeder Heilige eine Vergangenheit, jeder Sünder hingegen eine Zukunft habe. Die alternden Gäste des Romanischen hatten keine künstlerische Vergangenheit, und der jungen Lunte-Klientel war keine Zukunft beschieden.

»Aber, meine ehrenwerte Dame«, wirst Du jetzt sagen, »meine ehrenwerte Dame, Du hast doch in beiden gesessen, und das heißt doch ...«

Ich habe in diversen Stationen haltgemacht, Immanulino, und in vielen weiteren werde ich meine Füße noch wärmen, und nur wenn ich einmal einen Stammplatz in einem solchen »Boheme«-Café innehaben sollte, dann könntest Du Dich über mich mokieren.

Hier im Quick, meiner jetzigen Station, ist es warm. Ich sitze am Fenster und blicke auf den Abend draußen auf der Straße. Diese Straße, die immer in Bewegung war, ist jetzt leer. In solch leeren Straßen ist es gut, zu zweit spazierenzugehen. Neben Dir zu gehen und zu lachen. Ich habe doch schon eine Frau mit Dir in einer stummen, im Dämmerlicht liegenden Straße gehen und lachen gesehen. Es ist die Schuld des Quick, daß ich weiter an Dich denke. Säße ich jetzt im Lutter & Wegner, dann würde ich statt dessen bestimmt an Ernst Theodor Amadeus Hoffmann denken.

Es gibt Orte, in denen etwas von den Menschen, die sie geliebt haben, für immer haftenbleibt, und es ist unmöglich, es nicht zu bemerken. Vor einigen Jahren war ich in der scheckigen Stadt Wernigerode im Harz. Dort gibt es ein kleines Lokal, in dem Wallenstein während des Dreißigjährigen Kriegs gesessen haben soll, wahrscheinlich um diesem Etablissement für die Zeiten, wenn die Touristen einige Jahrhunderte später dorthin pilgern würden, künftigen Ruhm zu bescheren. Mir war in jenem Lokal Wallenstein nicht gegenwärtig. Mich kümmert es nicht, wer hier während des Dreißigjährigen Kriegs Schnaps getrunken hat. Doch an einem sehr nebligen Wintermorgen, als diese viereckige Stadt Berlin plötzlich wagte zu träumen, sie sei London oder Petersburg, ging ich eine der gewundenen Straßen, die in manchem an die der Rheinstädte erinnern, Richtung Spree hinunter, zum Museum. Plötzlich ließ mich eine Inschrift an einem der Häuser innehalten: »Hier wohnte vom Jahre … bis zum Jahre … Gottfried Keller«. Eigentlich nichts Besonderes – warum sollte Gottfried Keller nicht in Berlin gewohnt haben, in dieser Straße, in einem gelben, nicht gerade schönen Haus? Doch ich war verblüfft, und eine seltsame Feierlichkeit begleitete mich dann jenen ganzen Tag über. So kann ich auch nicht mit Gleichgültigkeit am Lutter & Wegner vorbeigehen. Ich habe dort nicht ein einziges Mal gesessen, doch ich weiß: Dort saß einst E.T.A. Hoffmann, ein kleiner Beamter aus dem preußischen Königsberg, ein Rabbi Moshe Chaim Luzzatto vom Ufer des Pregel.

Vielleicht kam er hierher in Gesellschaft hohlköpfiger, zügelloser Studenten, so wie er in Offenbachs Oper auftritt. Möglicherweise war der Studiosus Anselmus unter ihnen, ein bemitleidenswerter Invalide der Liebe, doch ich sehe Hoffmann immer in Gesellschaft des schwarzen Katers Murr, in Begleitung des verrückten Musikers Kreisler, während die kleine Prinzessin Brambilla aus Jacques Callots Radierung auf einem der Fässer den venezianischen Karnevalstanz für ihn aufführt.

Ich liebe Hoffmann. Seine absonderlichen Geschöpfe (auch wenn sie Metamorphosen von Chamisso sein mögen) sind mir verständlich. Eigentlich sind wir doch alle Peter Schlemihls oder ihre Umkehrung – entweder haben wir überhaupt keinen Schatten, oder der Schatten ist übergroß. Du jedenfalls hast mindestens zwei Schatten, und einer von ihnen bin ich. Doch laß uns Hoffmann nicht deuten!

Wie sprach doch jenes sechsjährige Kind, dessen Worte die Schriftstellerin Barto beim Schriftstellerkongreß in Moskau zitierte: »Schreiben muß man so: Entweder ganz und gar die Wahrheit oder ganz und gar seltsam.« Diese einfache Formel war Hoffmann wahrscheinlich bekannt. Er schrieb »ganz und gar seltsam«, doch seine erwachsenen Leser wußten nicht, daß es »ganz und gar die Wahrheit« war, und mochten ihn nicht. Das wußte er. Den Kampf der schöpferischen Phantasie gegen die nachäffende Wahrheit beschrieb er in seiner *Brambilla*. Gelesen und verstanden wurde er dann … von den Franzosen.

Was hätte Hoffmann heute abend in Berlin gemacht? Bestimmt hätte sein Geld nicht gereicht, um im Lutter & Wegner zu sitzen, diesen Weinstuben, die ihre Berühmtheit Hoffmann und dem Juden Heine verdanken. Bestimmt hätte er auch nicht in den Wilhelmshallen, im Schatten der braunen Uniformen, sitzen mögen. Auch die Zeitungen im Romanischen hätten ihn wahrscheinlich nicht angezogen. Er wäre sicherlich hierher, ins bescheidene Quick, gegangen, hätte sich einen Platz am Fenster ergattert, den Abend draußen auf der Straße betrachtet und an alles gedacht, woran man nicht denken muß – so wie ich. Ruth

4 Ein Brief über fallende Blätter im Tiergarten und über Gerhart Hauptmann

Geschrieben nach einem einsamen Spaziergang nahe der Stadt. Goldene Herbststunden über fallenden Blättern. Die Zeit fiel als Erinnerung herab zu ihren Füßen. Als sie heimkam, wußte sie, daß alles mehr und mehr dem Ende entgegenging.

Berlin, 25.10.34

El, mein El,
nun fließen schon die letzten Berliner Stunden wie Wasser durch die Finger. Bald werde ich Berlin nicht mehr in meinen Händen halten, und der Abschied ist diesmal nicht schwer. Ich gehe hier weg als Fremde, und es gibt nichts, wonach man sich zurücksehnen könnte.

Nur einige gute Erinnerungen – vielleicht die fallenden Blätter im Tiergarten. Mein Herz hat sich im Dickicht der menschlichen Beziehungen verfangen, und die Natur entfernt sich mir mehr und mehr. Man könnte fast Sokrates zitieren: »und Felder und Bäume wollen mich nichts lehren, wohl aber die Menschen in der Stadt«. Ich sehe jetzt Straßen, Schornsteine, Lichter und Menschen deutlicher als »den Himmel und die Erde«. Die Natur erfüllt bei mir in der letzten Zeit die Funktion von Baldriantropfen – wenn es mir überhaupt nicht wohl ist.

Ich erinnere mich an die blühenden Ufer des Neckars, vor zwei Jahren. Die Pfirsichblüte und die Anemonen am Philosophenweg. So viele, so weiß, als wären, inmitten des Frühlingsgrüns und der welken Stiele vom letzten Jahr, noch Schneeflecken geblieben. Und ich wußte, es war besser, oberhalb von diesem ruhigen Fluß spazierenzugehen, als im Zimmer zu sitzen und viele lange Stunden die Bewegung der Uhrzeiger zu verfolgen.

So floh ich auch heute, vor dem Flüstern der Pfannen und der Menschen in meinem Hotel, vor den Hakenkreuzen und den Uniformen in den Straßen zu den fallenden Blättern im Tiergarten.

Ich erinnere mich: Hier blühten im Frühling die Magnolien und Mandelbäume. Auch hier gab es Frühling. Du warst damals nicht hier. Du warst damals überhaupt nicht in meinem Leben. Deshalb, so scheint mir, war damals Ruhe. Wahrscheinlich scheint das nur so.

Im Fallen der Blätter ist Ruhe, da die Gewißheit des Endes beruhigender ist als die Erwartung des Anfangs. Jetzt weiß ich: In jenen Frühjahren, als hier die Magnolien blühten, war ich nicht ruhig – ich wartete. Das, was damals von fern flackerte, ist gekommen. Jetzt sehe ich das Ende.

Ich bin hier, und in meiner Hand ist ein Brief von einem, der, wie ich, über die Ruhe des Blätterfalls schreibt, und ich spüre, wie fern von ihm diese Ruhe ist – ich habe Dir doch von Schanthilal erzählt – vielleicht werde ich ihn übermorgen sehen. Es gibt nichts, das derart vollgesogen mit verborgenem Schmerz ist wie eine unvermutete, kurze Begegnung. Es bleibt nur der zweifelhafte Trost, daß ein Abschied noch schwerer ist – die Franzosen sagen: »Abschiednehmen bedeutet ein wenig sterben.« Mein Gott, ich sprach doch von Ruhe!

Ruhe findet sich in Berlin, außer im Tiergarten, auch in Museen und vor allem im Aquarium, im Königreich der Fische. Dort war ich heute. Vielleicht bewegte mich Schanthilals Brief dazu – er hat eine besondere Zuneigung für alle Lebewesen, Menschen ausgenommen.
Ich liebe das grüne Zwielicht in den Räumen des Aquariums: den Tanz der Fische, das Schlängeln der Schlangen, die Schwermut der Krebse, die sich an die Glaswände drücken – verzweifelt wie Childe Harold, scheinen sie voller Verachtung all diese lebenslustigen jungen Kriechtiere im Tanzsaal um sich herum zu betrachten. Ich ging die große Schildkröte besuchen, die graziöse, lächerliche Bewegungen im Wasser vollführte – und so sehr einer alten amerikanischen Dame ähnelte, die Tango tanzt. Vor einigen Jahren war ich hier mit einem kleinen Mädchen. Es betrachtete die Schildkröte lange und sagte schließlich, mit einer Mischung aus Spott und Bewunderung: »Was für eine Dame!«
Die wenigen Menschen, die ins Aquarium kommen, gleichen seltsamen Schatten aus einer anderen Welt. Sie gehen vorsichtig und langsam und scheinen die Fische um Verzeihung zu bitten dafür, daß sie ihre Ruhe gestört haben. Du hast das Gefühl, als seiest du plötzlich in die Traumwelt deines Nächsten eingedrungen und könntest ihn mit einer einzigen unnötigen Bewegung schmerzhaft kränken. Der uneingeschränkte Herrscher hier ist jedoch Nickelmann, der Wassermann aus Hauptmanns *Versunkener Glocke*. Er sitzt auf einer Säule und sagt nichts, sagt nicht mal »Brekekekex«, wartet nicht auf Rautendelein. Er schaut nicht fröhlich. Er versteht es, seine Gefühle zu verbergen, und trotzdem, jeder,

der ihn ansieht, spürt, daß er sich hier wohl fühlt. Unter Wasser, in diesem grünen Zwielicht. Glücklicher Nickelmann! Wie gut hast du es, und wie freundlich ist dein Schicksal. Es hat doch ein ungeheures Glück so gefügt, daß dein Schöpfer kein Jude ist und kein Marxist und, Gott behüte, auch sonst nicht irgendeiner Unreinheit verdächtig. Was ist schon dabei, wenn er einst *Die Weber* geschrieben hat? Er versteht es, sich anzupassen. Wenn auf Briefmarken und Reklamen dem Porträt Goethes ein Hakenkreuz zugesellt werden kann, weshalb soll man dann nicht Hauptmanns Haupt ebenfalls so abbilden, zumal er doch dem Schöpfer des *Faust* so ähnlich sieht! Der humanste Schriftsteller Deutschlands wußte, wie er sich zu verhalten hatte, als der Weltkrieg ausbrach, und er versteht es auch jetzt, in diesem Lande beliebt und respektiert zu sein. Ich neige dazu zu glauben, daß dahinter redliche Überzeugung und Naivität stehen mögen, und nur eine kleine Begebenheit irritiert mich. Sie ist nicht besonders bedeutsam, eine nahezu belanglose Anekdote und trotzdem eine Tatsache: In den Jahren der Inflation war Hauptmanns Situation nicht gut. Der Besitzer des Hotels Adlon wollte den größten Schriftsteller seines Landes retten und lud Hauptmann ein, bei ihm zu wohnen, weder für Essen noch Trinken mußte er irgend etwas bezahlen, die einzige Auflage war, sich einmal am Tag, um fünf Uhr nachmittags, unten im Café blicken zu lassen. Hauptmann war ein redlicher Mann. Er erfüllte die Bedingung gewissenhaft. Tagtäglich erschien er um fünf Uhr, versunken in Gedanken, mit einer Hand sein weißes Haupthaar aus der Stirn zurückstreichend. Alle waren überaus zufrie-

den. Dank der guten Mahlzeiten im Adlon wurde Hauptmann in dieser Zeit übrigens sehr dick, und der Maler Lovis Corinth, der sowieso zu Rubensschen Formen neigte, zeichnete Hauptmann mit einem Gesicht, das eher an den Mond als an Goethe erinnerte. Diese Kohlezeichnung, die sicherlich weder den Schriftsteller noch den Maler zufriedenstellte, verschwand aus dem Blickfeld aller, und nur mit größter Mühe gelang es einem meiner Bekannten, eine Reproduktion dieses Kunstwerkes aufzutreiben. Er kaufte sie und schenkte sie einem Kunsthistoriker, einem Bewunderer von Hauptmann wie von Corinth. Der Kunsthistoriker war beim Anblick des lächelnden Mondes, über dessen Zügen der Geist Hauptmanns nicht schwebte, bestürzt, und nach längerem Hin und Her, von schlechtem Gewissen geplagt, hängte er das seltene Bild in der Toilette auf. Von nun an pflegten all unsere Bekannten unter bestimmten Lebensumständen »Hauptmann zu besuchen«.
Ich sah den Dichter vor einigen Jahren im Theater, bei einer Jubiläumsvorstellung des *Fuhrmann Henschel*. Es spielten Jannings und Margarete Melzer. Hauptmann wurde von seiner zweiten Frau begleitet – einer Amerikanerin mit Ponyfrisur. Hochgewachsen, weißhaarig, schwarz gekleidet wie ein katholischer Pater, sah er Goethe mit seiner aufrechten Haltung und seinem schönen Gesicht wahrhaftig ähnlich und hinterließ den Eindruck einer großen Persönlichkeit und eines inspirierten Menschen. Und er ist tatsächlich ein Künstler. Ein inspirierter Künstler. Die politischen »Wanderungen« werden vorübergehen und vergessen werden – bleiben werden *Hannele*, das in den Mysterien der Träume irrende

Mädchen, und der Aufruf zur Rebellion in den *Webern*, bleiben wird *Die versunkene Glocke*. Und wieder wird man über den Individualismus und die Symbolik dieses Werkes diskutieren, wird wissen wollen, ob es der Übermensch ist, den der Autor in ihm beschrieben hat, oder der Künstler in Reinform, in dessen Innerem die Sagenwelten, die Welten der Phantasie und der wahren Ästhetik mit der sozialen Pflicht ringen, in der *Glocke* das Tal, das ihn nötigt, von den Höhen seiner Träume herabzusteigen. Und ich, wenn ich diesen Tag noch erlebe, werde mich, wie es meine Art ist, ärgern und sagen, man müsse das Werk, so wie es ist, lesen und aufnehmen, ohne Auslegungen und ohne Auslegungen der Auslegungen, denn das ist die Form, die der Dichter gefunden hat, um seine Idee zum Ausdruck zu bringen, und weshalb sollten wir auf eine schlechtere als diese zurückgreifen? Das wird die Essenz sein, und das wird bleiben. Der Rest wird unwichtig werden, wie jene Passagen in Dostojewskis *Tagebuch eines Schriftstellers*, die unsere Weltanschauung verletzen. Und jeder, der hierherkommt, zum Aquarium, wird voller Zuneigung zum grünlichen Nickelmann schauen und wird sich schämen, üble Anekdoten über dessen Schöpfer zu erzählen, solche wie jene, die ich erzählt habe. Und trotzdem …

Als ich aus dem grünen Zwielicht der schweigenden Fischwelt heraustrat, umkreisten mich die fliegenden Flammen der fallenden Blätter im Tiergarten. In der klaren, hohen Luft war edle Einsamkeit. Ich erinnerte mich an meinen Dichter:

»Wer jetzt kein Haus hat, baut sich keines mehr.
Wer jetzt allein ist, wird es lange bleiben,
wird wachen, lesen, lange Briefe schreiben –«
und Du wirst das Opfer sein. Ruth

Er sprach nicht von seinem Schmerz. Sie fragte nichts. Seine großen, schweren Hände lagen auf ihren Knien wie zwei tote Säuglinge in einer Wiege. Plötzlich erhob er sich. Er sagte: »Du – das ist doch zu viel, Ruth.« Und ging. Und kam viele Stunden nicht wieder. Viele Tage.
Es war still. Die Freude in ihr versickerte wie das Licht eines ärmlichen Mondes in einem dunkler werdenden Fenster. Von draußen drangen Klänge einer sentimentalen Melodie herein. Das Zimmer war groß und leer. Ruth wünschte sich ein wärmendes Wort der Zuneigung, und da niemand es zu ihr sprach, sprach sie es zu sich selbst.

So hätte Immanuels Brief sein können:

Ruth, meine Kleine,
also muß ich glauben, daß Du weggefahren bist, daß Du in diesem Moment nicht in Deinem Zimmer sitzt, etwas schreibst und außerdem (verzeih mir, mein Mädchen) auf mich wartest? Nun kann ich Dich nicht mehr – sobald ich es wünsche – sehen, die Tür Deines Zimmers öffnen, mich neben Dich setzen und Deine Geduld mit belanglosen Geschichten, die mir ohne Regel und Ordnung einfallen, beanspruchen.
Bis jetzt glaubte ich, daß es nur eine erdichtete Reise war, die Dich fast täglich in ferne Länder trägt. Doch Deine vielen Briefe bezeugen, daß Du tatsächlich auf Reisen bist, Du nicht da bist.

Übrigens, diese Briefe sind ganz und gar nicht heiter, und das tut mir leid. Enttäuscht Dich denn schon der Beginn der Reise? Es ist doch nicht möglich, daß das Fehlen eines nicht gerade neuen und alles andere als wertvollen Objektes, wie ich es bin, Dich daran hindert, das Leuchten Berlins und seine Fröhlichkeit zu genießen …

Ich bin sehr traurig ohne Dich, Ruth. Und jetzt ist es schon möglich, Dir zu sagen, daß ich Sehnsucht habe. Ich hatte es immer gut mit Dir. Meine Erinnerungen sind gute Erinnerungen. Und an die Augenblicke, die »nicht gelangen«, wie Du sagst, erinnere ich mich nicht.

Ich langweile mich, wie es schon immer meine Gewohnheit war, fünfzehn Stunden am Tag (sieben schlafe ich, und an zweien esse ich). An dem Tag, an dem ich einen Brief von Dir erhalte, langweile ich mich weniger. Ich liebe Deine Briefe. Und Dich.

Es ist allerdings meine Schuld, daß man Dir jetzt nicht einmal das sagen darf. So sehr fürchtete ich mich immer vor den Worten. Und Du hattest recht, als Du mir Géraldys Gedicht zeigtest und sagtest, ich würde es geschrieben haben, wenn ich Gedichte schreiben würde. Ja. Denn davor fürchte ich mich: »d'écrire Amour et Cœur avec des majuscules«.

Aber heute habe ich den Wunsch, diese oder ähnliche Worte zu schreiben – in sehr großen Großbuchstaben –, den ganzen Brief mit ihnen zu füllen. Weißt Du, ich bin doch eigentlich viel sentimentaler als Du.

Ruth, meine Kleine, würde ich während der sieben Stunden, die ich schlafend verbringe, träumen, dann würde ich bestimmt mich selbst sehen, wie ich Dich als treuer und etwas lächerlicher Waffenträger auf Deiner Reise begleite. Vielleicht würde auch ich E.T.A. Hoffmann treffen, in das Nickelmannsche Reich hinabsteigen und zusammen mit ihm warten auf die sich literarisch betätigende Rautendelein und auf jene Stunde des guten Frühlings, wenn Mandeln und Magnolien im friedlichen Tiergarten blühen. Aber ich bin müde von der Langeweile des Tages, der Arbeitssuche und den Sorgen um den Lebensunterhalt, müde von jener inneren Leere, die nach Deinem Weggehen geblieben ist – ich schlafe den Schlaf des Stumpfsinns, der nichts weiß vom »Heiligen Sebastian« Riberas und von Deiner fernen Gestalt, eingraviert auf dem goldenen Hintergrund fremder Morgen …

Ruth brachte diesen Brief nicht zu Ende. Sie wußte: Immanuel würde ihr anders schreiben. Plötzlich erinnerte sie sich: Nicht allein ihre dunkle Gestalt wühlte die Seen seiner Träume auf. Und niemand würde ihr jene über alles kostbaren Worte, nach denen sie sich immer sehnte, sagen. Sie konnte sie sich nicht selbst sagen. Ihre Reise, die in diesem Augenblick von Berlin nach Köln ging, stoppte abrupt mitten im großen, leeren Zimmer. Das flackernde Deckenlicht ließ Ruth ehrlich und grob wissen: »Du bist noch hier, Ruth. Du bist überhaupt nicht abgefahren, Ruth. Und solange du hundert Schritte von Immanuel entfernt bist, wirst du von ihm solche Worte nicht hören.« Im Korridor erklangen Schritte.

6 Über Schanthilal, das Alter und das Mädchen aus Malaya

Es waren die Schritte Immanuels. Und gleich als er eintrat, wurde klar, daß die Freude überflüssig war. Ruth enträtselte plötzlich den Grund seiner düsteren Stimmung. Sie stritten. Ruth war im Recht, und Immanuel war niedergeschlagen und verstummte – deshalb schien es ihr, als sei sie nicht im Recht.

Köln, Hotel Vater Rhein
26.10.34

Nachts, auf der Fahrt von Berlin nach Köln, las ich Deinen Brief immer wieder. Die Worte darin, wie mit tausend Händen ziehen sie mich zurück. Deine Stadt schaut zwischen den Zeilen wie ein verlassener Bahnhof hervor. Und dennoch, ich weiß es, El: Kehrte ich zurück, würde diese Stadt für Dich nur einen einzigen Tag ein Lächeln aufsetzen. Am nächsten Tag würdest Du wieder anfangen, Dich zu langweilen.
Ich kann beim Reisen nicht schlafen. Deshalb sprach ich zur vorbeigleitenden blauen Nacht im Fenster: Es tut mir sehr leid, Signorino, aber so darf man sich nicht benehmen, hättest du es mir dort gesagt, Signorino, hätte ich dich nicht verlassen. Denn in Wahrheit, Signorino, sind mir Berlin und Paris und alle anderen Städte völlig einerlei. Ich nehme doch an jeden Ort mich selbst mit, und diese Schwere in der Brust links, Signorino, den Schmerz um dich. Und Uri Nissan Gnessin, den ich sehr liebe, mehr liebe als Hamsun und die

Dichter Chinas, hat gesagt: »Hassen einander und quälen einander, lieben einander und quälen einander, sind fern voneinander und quälen einander« …

Im Nebenabteil saßen drei Männer. Ich trat hinaus in den Gang. Sie sprachen über Frauen – der eine mit Haß, der zweite ironisch und verachtungsvoll, der dritte seine Lippen leckend – so empfand ich es. Es ist eigenartig, ich habe es einige Male bemerkt – Ihr, die Männer, wenn Ihr unter Euch seid, könnt dieses seltsame Bedürfnis nicht bezwingen, über Frauen zu sprechen – wie Antisemiten über Juden.

Doch das nur nebenbei. Viel wichtiger waren diese Schienen unter mir, die ich in der Nacht nicht sehen konnte. Es war nur merkwürdig klar: Wenn man das Herz eines Menschen aus seiner Brust schneidet, es an der Lokomotive festbindet und über die Schienen davonführt, wird dieses Herz, das inniglich an sein »Dort« gebunden ist, sich doch überhaupt nicht von der Stelle bewegen. Wenn dem so ist, weshalb fährt dann der »ganze Mensch«, aus Fleisch und Blut, mit seinem törichten, ironischen Verstand und seinem schweren Herzen, das an das »Dort« gebunden ist, an dem Du bist, überhaupt fort?

Und ich fuhr, und mit mir fuhr die Nacht, und es ging uns nicht gut.

Und als der Tag anbrach, flogen hinter dem Fenster die Felder Westfalens vorbei, man sah Frauen in schwarzen Tüchern, roten Kleidern und klopsförmigen Haarknoten über der Stirn. Es hatte etwas von der goldenen bayerischen Landschaft. Das Rheinland. Köln.

Im Bahnhof wartete Schanthilal auf mich.

Die Jahre unserer Trennung und der Doktortitel, den er jetzt führt, hatten ihn nicht im geringsten verändert. Dieselben strahlenden Augen, viel heller als sein Gesicht, das schwarze Haar leicht wie Weizen im Wind, schmale, nervöse Hände. Als hätten wir uns erst gestern voneinander verabschiedet.
Es schien, als würde er sogleich sein spöttisches Reden beginnen, gespickt mit vielen Nietzsche-Zitaten, würde von den Verrücktheiten des gestrigen Tages erzählen, würde aufgeregt und ironisch von den goldenen Locken einer Erna oder Friedel stammeln, mich provozieren, sich selbst, alle. Doch er fragte mich nur nach meinem Befinden und sprach bitter und niedergeschlagen von der Notwendigkeit, nach Hause, nach Bombay, zurückzukehren, und darüber, daß ihm, dem unsteten Wanderer, jedes Heimatgefühl so gänzlich fremd sei. Und ich spürte in seinen Worten, so wie einst, seine starke Sehnsucht nach der stickigen Luft Indiens und den Haß seines wachen, forschenden Verstandes auf diese Sehnsucht.
Wir traten aus dem Bahnhof hinaus und wurden, wie alle Reisenden hier, vom berühmten Dom empfangen. Es war eine dämmrige, neblige Morgenstunde, die Turmspitzen träumten von ihrem hohen Gott, und irgend etwas machte das Gebäude leichter und brachte es dem Herzen näher, und sein Anblick bedrückte mich nicht mehr wie in jenen früheren Tagen. Der Platz vor dem Dom war leer und grau wie eine verlassene Tischdecke, wenn die Gäste gegangen sind. Bescheiden und ernst blickte mich das Wallraf-Richartz-Museum an – ein wunderbares Geschenk machte diese Stadt mir einst: die Gemälde Leibls. Die deutsche Malerei des

neunzehnten Jahrhunderts bringt mich zur Verzweiflung. Wenn ich durch die Säle der Nationalgalerie in Berlin gehe und Böcklin und Feuerbach sehe, all das Hübsche bar jeglicher Schönheit, verspüre ich physische Übelkeit. Doch Leibl und seine düsteren Farben – diese ganze dunkle und lebendige Welt der Bauern der Biedermeierzeit, das Kreuz und Quer der rauhen Stoffkleider, die Falten der gebräunten Gesichter und die knochigen Hände, all das auf dem Hintergrund dichter Dunkelheit; ein etwas stilisierter Naturalismus, durchwirkt von Last und Leiden, der erstickende Pessimismus der dämmerigen Umgebung – das alles entspricht mir sehr und auch dieser Stadt Köln.

Köln mag ich nicht, diese Mischung goutiere ich nicht. Einerseits der Schmerz, die Düsternis, die Armut und die verworrenen mittelalterlichen Mysterien, das Aschgrau und die Röte der hohen, fensterlosen Mauern – andererseits auf dem Ring Cafés und Schaufenster, die eleganter sind als jene Berlins – das fügt sich nicht zu einem Ganzen zusammen und trifft viel zu erfolgreich den Geschmack des gewöhnlichen Touristen, der von »diesem und jenem« kosten will. Sogar der Rhein ist hier kalt und dekorativ, ohne Wärme und Bangen der Erinnerung. Und trotz alledem haben diese Straßen etwas – etwas Bedrückendes und etwas Überraschendes.

Und wir gingen weiter, durch die Morgenstunden, die langsam ihre Augen aufschlugen. Die wenigen Taxis, die eben erst aus ihren Garagen hervorkamen, träge und verschlafen, wurden noch nicht eins mit der Straße. Wie aus den Rahmen der Leibl-Bilder traten Hausfrauen mit ihren Körben. Es war an ihnen etwas, das ihren langsamen Schritten, den grauen

Haaren unter den dunklen Tüchern besondere Würde verlieh. Sie kamen, eine nach der anderen, aus den Haustoren und gingen gemessenen Schrittes, wie in einem zeremoniellen Aufmarsch, Richtung Hauptstraße. Es war Schönheit in ihrem Alter, das sich selbst ehrt. Jetzt verstand ich, was das Besondere an diesen Straßen war: Alter ist in ihnen. Ein Alter voll Ruhe, das ohne Angst zum Tod geht, das vor seinem Tod weiß, daß anderes Alter ihm folgen wird. Immer wird es Grau im Haar der Morgen in diesen Straßen geben.

Wahrscheinlich spürte auch Schanthilal den Geist des Alters, der über dem Morgen schwebte, denn ich hörte ihn sagen:

... und wenn wir uns einmal treffen – in vierzig, fünfzig Jahren ...

Vierzig, fünfzig Jahre – wenn ich dann noch lebe, werde ich doch nie diese Ruhe des Alters haben, mit der Sicherheit seiner Schritte. In vierzig, fünfzig Jahren, wenn wir uns einmal treffen, El, wird dies kein herzergreifendes Schauspiel sein, die letzte von Peer Gynts Traumvisionen. Wieviel stechende Bitterkeit kann man in vierzig Jahren speichern!

Eine gelbe, pfeifende Straßenbahn schnitt den sich spinnenden Gedankenfaden durch – wir fuhren mit der Straßenbahn in einen anderen Stadtteil. Eine helle und ferne Erinnerung zog mich in ein kleines Café gegenüber der Oper. Dort saß ich vor zwei Jahren allein und schrieb Gedichte. Damals kannte ich niemanden in dieser Stadt, und der Tag war, als hinge er über dem Abgrund des Nichts, zwischen der einen und der anderen Zeit, und es war keine Wirklichkeit in den verfließenden Stunden. Manchmal liebe ich die vollkommene Einsamkeit in mir fremden Städten.

Wir setzten uns an einen Tisch in der Ecke. Der Platz am Fenster war trotz der frühen Stunde besetzt – deshalb schien die Stadt mir fern und unnatürlich wie ein Film im Kino. Ich schaute Schanthilal an. Ich erinnerte mich: Als ich ihn kennenlernte, war er für mich exotisch. Damals hätte ich dies auf keinen Fall vor mir selbst zugegeben. In jenen Tagen pflegte ich mir einzureden, ich sähe in jedem Menschen nichts als den Menschen. Aber wäre Schanthilal kein Inder gewesen, hätte er ohne Zweifel weniger Interesse in mir geweckt. Ich las in jener Zeit Romain Rolland! Schanthilal spürte dies mit seinem feinen, ironischen Sinn. Doch jetzt ist all das etwas lächerlich in meinen Augen. Jetzt ist er ein naher Mensch. Fast ein Bruder. Es war gut, mit ihm in diesem kleinen Café zu sitzen und einfach zu reden, ohne etwas Wichtiges zu sagen, und zu wissen, daß dies vielleicht unser letztes Gespräch sein könnte.
Ich weiß auch jetzt: In Schanthilal ist vieles von den Träumen seiner Heimat. Niemals werde ich einen Frühlingsabend im Garten vergessen, in einer kleinen Stadt am Rhein, als dieser eingeschworene Zweifler, dessen größtes Leiden es war, alles in Frage zu stellen, mir plötzlich sagte: »Und vielleicht werde ich nicht zu den Ufern des Amazonas flüchten, vielleicht werde ich in einen unserer Wälder in Indien gehen, mich in die Einsamkeit zurückziehen und mir einen Gott finden« – und um die reale Möglichkeit dieser Worte zu beweisen, fügte er mit einer begeisterten, traurigen Wärme hinzu: »Bei uns tun das viele.« Möglicherweise war darin auch ein wenig »Theatralik«, um mich in Staunen zu versetzen. Eine von Schanthilals Leidenschaften ist es, Menschen in Staunen

zu versetzen, insbesondere mit Absurditäten. Doch ich bin mir, ehrlich gesagt, bis heute nicht sicher, ob Schanthilal, der von physikalischen Experimenten zu parapsychologischen Versuchen wandert, von zynischer Kühle in bezug auf den Menschen zu feinfühliger Aufmerksamkeit gegenüber einsamen Menschen und gegenüber allen Tieren, ob Schanthilal, dieser Freundliche, dieser Leicht- und Tiefsinnige, sich nicht tatsächlich im Alter in die Wälder Indiens, in die Einsamkeit, zurückziehen wird. Ich würde es bedauern.

Unruhe war in mir – zu sehr ähnelte dieser Morgen jenem Herbstabend vor zwei Jahren. Auch damals war es ein vermeintlich letztes Gespräch. Ich konnte nicht schweigen: Erinnerst du dich, Schanthilal, an jenen Abend, unseren Abschiedsabend, es war alles weniger einfach als sonst, ein seltsamer Augenblick auf der Grenze zwischen Liebe und Freundschaft?

Er lächelte nicht.

Ich erinnere mich, Schwester. – Die Inder benutzen gegenüber Frauen häufig die Anrede »Schwester«. Es ist eine Form der Höflichkeit, ohne jede sentimentale Färbung.

Doch Schanthilal, der sehr europäisch in seinen Umgangsformen ist, reservierte diese Sitte ausschließlich für mich. Und darauf bin ich ein wenig stolz.

Ich fragte Schanthilal über seine vielen, wie Sommerwolken verfliegenden Liebschaften aus – über Bernhardine, die kleine Kellnerin, die versucht hat, sich das Leben zu nehmen, über Leonie, das lächelfreudige Mädchen vom Eiscafé – er antwortete kurz, dann schmunzelte er leicht und zitierte eine Strophe aus einem meiner Stegreifgedichte, das während einer der feiertäglichen Wanderungen an den Ufern dieses Flusses entstanden war (ich hatte es fast vergessen):

»Sie schauten träumerisch in die Ferne,
Ich streichelte das Gras mit zärtlicher Hand,
Sie dachten an eine Josephine, Karoline oder Erne,
Ich suchte am täglichen Himmel die Sterne
Und war verärgert, weil ich keine fand.«

Und er fügte hinzu:

– Die Josephinen und Karolinen interessieren mich nicht mehr.

– Sie werden dich wieder interessieren in Bombay, wenn sie nicht mehr da sind.

– Mag sein ... Und du? Suchst du noch Sterne am täglichen Himmel?

– Zu meiner Verwunderung, ja. Ich bedauere es sogar immer noch, so wie früher, daß sie nicht dort sind.

Wir schwiegen.

In der Straße zog ein SA-Trupp vorbei. Sie sangen:

»Hängt die Juden, stellt die Bonzen an die Wand ...«

Ich erzitterte. Wahrscheinlich wurde ich blaß. Schanthilal senkte seinen Kopf. Immer fühlte er sich in meiner Gegenwart schuldig bei antisemitischen Exzessen. Und trotzdem war es eine Trennwand.

Wir sprachen kein Wort über den Vorfall, und er suchte schon, nervös-versöhnlich, einen Ausweg aus der Situation. Er öffnete seine Tasche und holte daraus das Buch hervor, das er für mich mitgebracht hatte. Es war eine französische Ausgabe von Multatulis Erzählung *Saidjah und Adinda*.

Wie die meisten Menschen aus dem Fernen Osten nimmt Schanthilal die Beschreibungen seiner Heimat in der euro-

päischen Literatur mit einer Prise Haß und einer ordentlichen Portion Ironie auf. Ihn ärgert die Exotik, der Wunsch, etwas anderes als die Wirklichkeit erfahren zu wollen. Die besondere Süße in der Atmosphäre des »Kolonialromans«.
Er kann mit Vergnügen Aldous Huxleys Scherze über Inder und Indien lesen, verabscheut aber falsche Mystik, mag sie auch durch Romain Rollands Romankunst veredelt sein. Einmal erzählte ich ihm von Agnes Smedley und ihrer indischen Liebe. Er schmunzelte nur: »Die Amerikanerinnen – eine ungemein sentimentale Sippe.«
Doch *Saidjah und Adinda*, mit der wahren Poesie und der schweren Bitterkeit darin, war nach seinem Geschmack.
Ich blätterte im Buch. Die Illustrationen waren erstaunlich – noch nie hatte ich derart klare, sichere Striche gesehen, dazu die träumende Zärtlichkeit der Aquarellfarben. Diese zarte Adinda – nur Augen, strahlend wie der Schatten eines fernen, leichten Lachens, und gebräunte, empfindsame Hände, etwas rosig an den Fingerspitzen. Und hinter ihr ein Paar dunkler Büffel, sehr schwer und fest. Ungewöhnliche und fremde Wärme in rötlichbrauner Farbe und erstaunliche, entschiedene Helligkeit.
Schanthilal schaute mich an und lächelte wie ein Sieger:
– Ich wußte, es würde dir gefallen!
– Was ist das? fragte ich.
Er begann, begeistert zu erzählen: Ich habe es vom Maler selbst bekommen. Ein merkwürdiger Mensch. Franzose, in Rußland geboren, lebte lang in Malaya – nicht freiwillig, wie Paul Gauguin, gezwungenermaßen ging er dahin. Davor war er Anstreicher in Skandinavien, Lehrer in Jugoslawien, Iko-

nenhändler in Mexiko, und was er in Malaya trieb, weiß ich nicht. Er machte auf mich nicht den Eindruck eines Abenteurers. Wir trafen uns zufällig in Paris. Ich war damals in einer Redelaune. Er versteht es zuzuhören. Schließlich fing er an zu erzählen. Er versteht es auch zu reden. Mich erstaunte seine Erzählbegabung – er erzählte von Malaya ganz anders als all die anderen Europäer. Ein scharfes Auge hat er. In Malaya verliebte er sich in ein junges Mädchen, eine Tochter des Landes. Er verliebte sich mit jener irrationalen, begeisterten, süchtigen Liebe, deren Existenz von vielen geleugnet wird. Nach kurzer Zeit verlor er sie, sie starb an irgendeiner tropischen Krankheit. Er verließ Malaya gebrochen, unglücklich, doch nicht verbittert. Er malte das Mädchen oft, als es mit ihm war, und hört auch heute nicht auf, ihr Bildnis zu malen. Sie ist Adinda. Das hat auch etwas Ironisches. Seiner Kunstanschauung nach bewegt er sich zwischen dem Konstruktivismus und der Neuen Sachlichkeit; gerade Linien, moderne Architektur, »New-York-Stil«, der alles bezwingende und zielstrebige Verstand – all dies bestimmte ihn immer. Doch plötzlich dann diese zufällige Begegnung, und das malaiische Mädchen, diese junge Frau mit ihrer naiven Wärme, dieses Kindchen kommt und erobert seinen Pinsel und seine Stifte, all seinen Bestrebungen und Kunstanschauungen zum Trotz – sie ist es, die das Auge des Betrachters anzieht …

Schanthilal sah mich etwas verschmitzt an:

– Weißt du, Ruth, meiner Meinung nach solltest du dich in irgendeinen New Yorker Wolkenkratzer verlieben, der in dir mit dem malaiischen Mädchen konkurriert, das dich grenzenlos beherrscht.

– Naivität? fragte ich.
– Behüte, aber übertriebene, grenzenlose Zärtlichkeit.
– Du weißt doch, Schanthilal, ich liebe die modernen Gebäude am Rheinufer in Düsseldorf mehr als die Gotik hier.
Er schaute mich mit sichtbarem Mißtrauen an:
– Offenbar ist das nicht genug. In dir fehlt es immer an Eisen und Zement.
Und nachdenklich fügte er hinzu: Wahrscheinlich liebst du Menschen viel zu sehr und bist voller Mitleid ... mit dir selbst!
Noch viele Stunden liefen wir durch die Stadt. Der größte Teil des Tages verging in Gesprächen. Am frühen Abend kehrte Schanthilal in die nahe Nachbarstadt zurück. Ich ging allein ins Hotel am Bahnhof. Am Abend alterten die Straßen wieder, und ihr friedvolles Alter stimmte mich nachdenklich. Ich dachte daran, daß Schanthilal wohl bald nach Bombay zurückkehren und ich ihn nicht mehr sehen würde, so wie ich Dich nicht wiedersehen werde, ich dachte daran, daß diese mächtige Kirche siebenhundert Jahre lang gebaut wurde und die Hände, die sie errichteten, keine Spuren hinterließen, so wie auf dieser Straße keine Spuren meiner Füße, die immer gehen, die von jedem Ort fortgehen, bleiben werden. Ich dachte an Deinen letzten Brief: Vielleicht war wirklich Liebe in ihm, und man braucht einfach mehr Eisen und Zement, um von Dir nicht angezogen zu werden, sogar von hier. Mit mir, in meiner Tasche, war Adinda, das malaiische Mädchen, der Traum eines fremden Mannes, nach dessen Adresse in Paris ich zu fragen vergessen hatte.

Und dennoch – danke für den Brief, für Deinen guten Brief, Immanulino. Ruth

7 Ein Brief über Gerüche und Farben

Danach kamen viele Tage des Schweigens. Vielleicht ist zuviel während des Streites gesagt worden. Immanuel kam immer wieder für einige Augenblicke, mit der Uhr in der Hand. Und es war schon Sehnsucht nach dem Gestern da, das besser war mitsamt seiner Widrigkeit und Falschheit.

Die dunklen Bucheinbände wandten sich dem Gestern zu, die Maske der »Unbekannten aus der Seine« an der Wand lächelte der Vergangenheit zu, die Tage waren aus der Ferne hörbar wie der Laut der Feder über dem Papier. Der herbstliche Sonnenuntergang entbot ihr durch das offene Fenster seine Wohlgerüche – wie eine gute Großmutter, die das Duftkästchen reicht zum Segenspruch beim Abschied vom Schabbat, »der das Heilige vom Profanen unterscheidet« und vielleicht endlich »das Profane vom Heiligen«? Es lag eine wunderbare, ferne Weissagung im Geruch des herbstlichen Sonnenunterganges. Und sie schrieb:

Brüssel, 28.10.34

Immanuel,
in meinem Koffer ist eine Flasche Kölnisch Wasser zerbrochen, die ich im Bahnhof von einem der kleinen Menschenfresser, die dort die Ohren mit ihren Schreien betäuben, gekauft habe – nun duften all meine Sachen wie die Handtücher in Friseurläden und die Hände von Barbieren. Parfumduft in übertriebener Menge treibt mich in vollkom-

mene Verzweiflung, wie übertriebene Lobpreisungen. In kleinen Mengen, im richtigen Maß, ist beides sehr angenehm. Meines Erachtens gibt es eine »seelische Beziehung« zu solchen Düften jedoch vor allem bei Männern. Die Erinnerung daran, die im Gedächtnis der Nase aufsteigt, ist von großer Intimität und aufreizender Erotik (davon zeugen etwa das Hohelied und die Schriften Rosanows).

Ich selbst bin sehr sensibel für Gerüche, allerdings für natürliche Gerüche. Manchmal neige ich sogar dazu zu denken, ein Teil dessen, was wir gemeinhin »Herz« nennen, befindet sich bei mir in der Nase.

Es gibt Gerüche, die bestimmte Assoziationen in mir wachrufen, die mir so nah sind wie Kindheitserinnerungen, wie Briefe von Freunden.

Zwei Gerüche hat der Rheinwein. Wenn er vor mir draußen auf einem Tischchen steht, im Garten oder auf einem Balkon, erinnere ich mich immer an sehr helle Herbsttage – an Blätterhaufen, die unter meinen Füßen aufleuchten und verlöschen, und an dünne Birkenzweige, entblößt und weich vor dem hellen Blau des Himmels. Ich mag keine »klassischen Bilder«, doch hier fällt es schwer, nicht zu sagen, daß die Erde an solchen Herbsttagen der nackten Danae ähnelt, in deren Schoß goldene Münzen aus Jupiters Hand herabfallen. Wieder der gleiche Wein, und man trinkt ihn drinnen, sein Geruch fließt mit dem Rauchdunst im Raum zusammen – dies ist der Geruch der ersten Frühlingstage im heimatlichen Stadtpark – der Himmel ist rund und blaß wie ein Kelch aus chinesischem Porzellan, und in den Alleen verbrennt man die Blätter vom letzten Jahr – bläuliche Feuer, nebelfarbiger

Rauch steigt in den Himmel, ich gehe allein in der Allee und erinnere mich sehr, daß Du gestern meine Schulter geküßt hast, zweimal geküßt hast.
Frische Butter hat den Geruch eines Wintermorgens in der Kindheit. Kalt und sehr hell. Jenes besonderen Wintermorgens, an dem ich zwölf Jahre alt war und in die Klavierstunde mit einer großen Notenmappe ging und sehr darauf wartete, daß aus einer der Gassen der große »Er« (so viel größer als ich) kommen, mich grüßen und weitergehen würde. Manchmal hat frische Butter den Geruch des Regens auf dem Land.
Baldriantropfen – das ist der tragische Geruch meiner Kindheit – die Tränen meiner Mutter, ein Kissen und eine Decke auf dem Fußboden mitten im Schlafzimmer und ein umgekipptes Wasserglas auf dem Tisch und jene kleine, braune Flasche und der zitternde Teelöffel in einer großen, verzweifelten Hand und ich in irgendeiner Ecke des Zimmers – erschrocken, zittrig und einsam wie ein stummes, alleswissendes Hündchen – all das, worüber ich schweige.
Vor einigen Tagen entdeckte ich noch einen Geruch: Es ist der Geruch von Asche im Aschenbecher, vermischt mit dem Geruch von Obstresten, insbesondere von Birnen – aus irgendeinem Grund scheint mir, das sei der Geruch meiner Nächte mit ihrer dämmrigen Traurigkeit angesichts der Zeit. Manchmal denke ich, Gerüche drücken das Leben intensiver aus als Worte, Klänge und Farben. Sie sind spürbarer als Farben und geistiger als Musik – schade, daß es nicht die Kunst der Gerüche gibt, sie wäre wahrscheinlich die am meisten trunkenmachende Kunst. Die am wenigsten trun-

kenmachende ist die bildende Kunst, doch auch in ihr sind bestimmt noch nicht enträtselte Möglichkeiten verborgen. Eigentlich gibt es nur zwei Farbkombinationen, die ihre Wirkung nie verfehlen: rot-schwarz und schwarz-weiß.

Zu meinem Wesen paßt besser die letzte Kombination, vielleicht ist mir auch deshalb diese Stadt – Brüssel – so angenehm. Als ich hierherfuhr, war mein Weg weiß und schwarz wie ein Dominospiel – Tunnel und Licht, Tunnel und Licht und wieder Tunnel.

Und in der Stadt selbst gibt es Orte, in die ich eintrete wie in ein Buch mit Holzschnitten von Masereel, das Weiß und das Schwarz fließen nicht zusammen, werden nicht zu Aschgrau – jede Farbe bleibt klar in sich selbst eingegrenzt, wie bei einer guten Graphik.

Da bin ich in der Gudula-Kirche – weißer und schwarzer Marmor. Die schwarzen Säulen wirken vor den weißen Wänden noch aufrechter. Es gibt einen äußerst klaren Rhythmus in diesem Gebäude, wie in einer Kohlezeichnung oder in einem Holzschnitt. Jemand hat die Graphik mit der modernen Musik verglichen, die ganz und gar Rhythmus ist und nur wenig Melodie – daran ist etwas Richtiges: Der Strich ist nicht melodisch, der Strich ist rhythmisch – melodisch ist die Farbe. Deshalb vielleicht sehen diese Bauten moderner aus, als sie es sind.

Dürfte ich eine Stadt nach meinem Geschmack entwerfen, würde ich alle feierlichen Gebäude mit weißem und schwarzem Marmor bauen. Er hat etwas Erhabenes. Die göttliche Gegenwart und die »andere Seite«, das Böse – sie sind doch weiß und schwarz in unseren Augen; der Tod, die

Trauer – der feierlichste Akt im Leben des Menschen – ist weiß und schwarz, und weiß und schwarz ist auch der Gebetmantel des Schicksals. Weiß und schwarz ermöglichen es einem am leichtesten, sich in eine symbolische Höhe zu erheben, denn es sind (zumindest nach meinem Gefühl) zweidimensionale Farben, und Symbole haben keine Tiefe. Ich habe mir immer Maeterlincks kleine Stücke in schwarzweißer Inszenierung vorgestellt, nicht wie im Film, bei dem man durch sein Schwarzweiß andere Farben spürt, sondern wie in den Bildern von Minne – klares Weiß, tiefes Schwarz, nur im Hintergrund etwas Grau. Nicht umsonst sahen die Augen Maeterlincks so viele Jahre lang diese schönen Kirchen.

Doch eigentlich ist Brüssel nicht weiß und nicht schwarz. Heute im Bus fragte eine Journalistin (offenbar eine Tschechin) den Fahrkartenkontrolleur, was die politische Farbe Brüssels sei: »Rot?« – dabei zeigte sie mit dem Finger auf die Farbe ihrer Bluse, zur Unterstützung ihres schlechten Französisch – »oder schwarz?«, dabei zeichnete sie mit den Fingern ein Kreuz in die Luft. »Mais non, Mademoiselle, elle est rosâtre«, antwortete der Kontrolleur und lächelte breit und ohne Spott. Mir scheint, er hatte recht.

Doch heute, so wie immer, beeinflußt mich der Geruch mehr als die Farbe, und ich rieche in der Luft, daß nicht fern von hier das Meer ist. Ich weiß: Es ist unmöglich, das Meer aus solch einer Entfernung zu riechen, doch, ich weiß nicht wieso und warum, ich spüre es, ich sehne mich danach.

Wahrscheinlich kann man ja auch nicht von hier aus die Wärme Deiner Hände spüren, Immanulino, und trotzdem spüre ich sie, sehne mich nach ihr, nach Dir, El – Ruth.

8 Über die niederländische Malerei, das Stilleben und die Stadt Frauenburg

Nur zwei Stunden Bahnfahrt von der Heimatstadt. Und schon die Verlassenheit der Fremde. Die Welt im Fensterrahmen war düster und grotesk wie ein uraltes Gemälde, das Werk eines gewandten Künstlers, der sein Handwerk vom Vater und des Vaters Vater ererbt hat. Die Linien etwas verschwommen, der dunkle Glanz der Farben weich und schwer wie eine Seele, die die Trauer ihrer Zeit in sich festhält. Der Geruch von alten Handschriften, von Pergament und Kirchengruften entstieg dem Rahmen. Die niedrige Decke mit ihren dicken, geraden Trägern verhüllte das wenige an Himmel im Zimmer. Der Schatten der Dämmerung, wie eine schwarze Fliege aufbewahrt in duftender Bernsteinklarheit, war gefangen im hellen Licht des Sonnenunterganges. Nur zwei Stunden war sie gefahren, und da waren schon neue Welten, ihre Hand für Weissagungen ausstreckend. Doch morgen muß man zurückkehren. Und es lohnt sich nicht, die Postkarte abzuschicken, die mit verkrüppelten, ungelenken Worten beginnt – »Eigentlich, El, hatte ich beschlossen, Dir nicht zu schreiben. Ein Tag ohne Dich ist gut …« Es lohnt sich nicht, zu Ende zu schreiben. Es ist besser, über diese Welt zu schreiben, die eingefaßt ist im Rahmen aus Pergament, der nicht existiert.
Und deshalb:

Brügge, 29. 10. 34

El, El, Du,
wenn der Morgen in Brüssel trieft und schielt wie jene Herbsttage der Kindheit, an denen ich zur Schule ging, in meiner Schulmappe ein Mathematikheft mit einer Aufgabe, die sich nicht lösen ließ; wenn die gelben Straßenbahnen die kleinen Angestellten, die es nicht geschafft haben, zu Hause den Streit mit der Frau und das Frühstück zu beenden und dort Fettflecken auf der Tischdecke und einen Fluch in der Luft hinterließen, in die gelben Fernen führen; wenn Dein Brief nicht da ist, nicht da ist, nicht da ist und der gähnende Postbeamte nicht an meinen Kummer Anteil nimmt – ist es vielleicht am besten, ins Hotelzimmer zurückzukehren, sich angezogen auf das Bett zu legen, den Kopf in den Kissen zu vergraben und für einige Monate einzuschlafen, einzuschlafen bis zur Ankunft des legendären letzten Regens, der von Deinen Lippen blühendes Lächeln auf mein Zimmer niederregnen lassen wird.

Doch ich weiß – auch wenn ich dies tun würde, ich würde doch nur die Schritte der Kellner im Korridor hören und heiseres Klingeln der Telephone aus fremden Zimmern und die Stimme des Briefträgers, der häßliche, verhaßte Namen ausruft, und würde mit Bestimmtheit wissen, mit jener Sicherheit der vollkommenen Verzweiflung, daß niemals jener legendäre letzte Regen mein Fenster öffnen wird.

Um mich von mir selbst zu befreien, von Dir und dem Zwang, an jedem Ort lächelnde Gesichter zu sehen, die mich verfolgen, als wollten sie mich ärgern, fuhr ich nach Brügge. Ich fuhr nicht, um zu sehen. Ich fuhr, um abzuleugnen, um das, was darüber geschrieben wurde, zu verneinen, um zu sagen, es sei eine Lügengeschichte, null und nichtig. Diese Stadt, wollte ich sagen, ähnele durchaus den schmutzigen osteuropäischen Städtchen, all die Romantik sei Lug und Trug, ja überhaupt, zum Teufel, sei alles schlecht, verkommen und häßlich ...

Doch ein vorsichtiger, guter Wind berührte meine Wimpern, und die Wolkenlocken gaben die Stirn des Himmels frei. Durch den dünnen Nebel fielen einige Sonnentränen, und die Stadt wurde mir wie ein Traumgebilde auf einem dunklen Silbertablett dargeboten. Ich konnte nicht mehr Nichtsehen-Wollen.

Rodenbach? Nein, nicht Rodenbach – ich.

Wolken aus feiner Spitze, wie sie von alten Frauen in dieser Stadt gefertigt wird, schwammen auf dem blauen Teppich oben. Die Häuser traten aus dem wundervollen und schrecklichen Kindheitstraum heraus, Straßenbuckel gingen und gingen und zogen die Reihen der Häuser hinter sich her. Leicht und vorsichtig war ihr Gang. Ich wußte: So geht man in die Stille.

Kennst Du ihn? Erinnerst Du Dich an ihn? Wie seltsam, denn er lebte nicht hier! Ich hätte schwören können, daß er hier jenes Bild gemalt hat, Du weißt, das, das in der Ecke des kleinen Museums in der Heimat hängt. Die Stille: graues Land, braun und sich wölbend, darüber, daneben, jener nur etwas hellere Farbton des Himmels – und am äußersten Horizont drei Löwenzahnblumen, es reicht ein leichtes Pusten, und auch diese werden ins Nichts fliegen. Und die Stille ist groß wie die Himmelskuppel.

Doch jener stumme Traum wurde weit weg von hier geboren, weit weg von den Lippen, die das Geheimnis dieser Straßen hüten. Andere waren hier: Gerard David und Pieter Bruegel. Und in ihren Bildern ist kein Schweigen. Sie malten die Bauern in ihrer rauhen Umgebung, die Schenken und die Jahrmarkttänze, Jesus, so düster wie die Wächter jener uralten Kirchen, und seine Jünger, vom Wind der Nordsee gebräunt. Und die Frauen, die Gattinnen der Stadtbürger, lächelten nicht, sie feixten, denn die Bedeutung des »leichten Lächelns« war ihnen so fern wie das in den Seen Italiens badende Sonnenlicht. Nicht Traurigkeit war in ihren Augen, sondern Düsternis und Frost. Naturalistische Grotesken, lebendig in ihrer Häßlichkeit und scharf in ihrem Ausdruck. So malte später auch Jan Steen die Kinder. Die Grausamkeit der Verschlagenheit in ihren Augen – so sah Jan Steen die Welt, an der Grenze zwischen Karikatur und Tragödie. Sind all diese hier gewesen?

Ich schaue in das Antlitz dieser Stadt, die aus der Stille des sechzehnten Jahrhunderts in unsere Tage fiel und einsam und jungfräulich blieb in allen Kriegen der Industrie und der Ideen, und ich weiß, daß die Maler recht hatten. Ich enträtsele plötzlich die verborgene Welt der Bilder Bruegels und erinnere mich plötzlich an das Hellblau und das Braun in ihnen, und ich weiß – diese Farben sind die Seele seiner Bilder. In der Groteske ist nicht das Sein selbst festgehalten, sondern der Zustand der Seele in diesem Sein. Bruegels »Blinde« sah ich nur als Reproduktion. Die Symbolik dieses Bildes hat sich mir jetzt erst zur Gänze entfaltet: Die Gesichter der blinden Bauern, die sich dem Fluß nähern und nicht wissen, daß sie sogleich ins Wasser stürzen werden – das ist doch die fleischgewordene Angst, die noch nicht weiß, daß sie Angst ist. Ja, jetzt habe ich verstanden, jetzt weiß ich, daß aus dieser Stille heraus, aus der ewigen Ruhe dieser Straßen, die von uferlosen Meeren träumen, jene blinde Furcht geboren werden kann, die mit offenen Augen, die nicht sehen, was vor ihnen liegt, geradewegs in den Abgrund des Nichts blickt. Nur eines hält in Bruegels Bild am Leben fest: die Wärme der braunen Farbe, die so sehr an Adriaen Ostade erinnert, an den Weg zu Rembrandts Gold.

Ich wundere mich nicht darüber, daß es in diesem Lande Künstler gab. Ich hätte mich gewundert, wenn es keine gegeben hätte. Sie haben von ihm, außer seiner Seele, noch etwas genommen, etwas, von dem ich noch nicht weiß, was ich davon halten soll. Die Präzision. Die Blumen in der niederländischen Malerei kann man aus vielen Metern Entfernung noch erkennen. Tulpe und Kamille – äußerst klar in der Form und bar jeden Geruchs. So auch in den Stilleben von Jan Fyt. Die Früchte und die geschlachteten Vögel. Kaum zu glauben, daß der Vogel vor seinem Tode zuckte. Die Genauigkeit der Kleiderfalten, der Glanz der Seidengewänder in Terborchs Gemälden, die Reinheit des Glases und des Silbers, die klassischen Formen der Früchte in den Nature-morte-Bildern von Willem Kalf erwecken immer Bewunderung in mir. Präzision und Reinheit – das ist der Gipfel des menschlichen Könnens.

Übrigens ist die Bezeichnung »Nature morte« nicht wirklich passend. Das deutsche Wort »Stilleben« hingegen ist genial. Der Tod im Stilleben ist der Tod in der Kunst. Alles, was tot ist, wird von uns als Tragödie empfunden, und die Tragödie ist das Leben. Wo kein Leben ist, ist nur leerer Raum. Vielleicht sah Willem Kalf im Stilleben nur die Erhabenheit von Form und Farbe, frei von aller Beseeltheit. Doch sind zwei, drei Stilleben dieser Art ausreichend für alle Jahre der Kunstgeschichte: Die Natur ist arm an Form und Farbe, unsere Seele ist es, die allem die Nuance verleiht. Erinnerst Du Dich, einmal sagte ich Dir, ich wolle eine Abhandlung über das Stilleben in der Kunst schreiben, die Entwicklung von den Anfängen bis heute darlegen und zeigen, daß in früheren Zeiten der Mensch als Gegenstand dargestellt wurde und in unseren Tagen der Gegenstand als menschliches Wesen. Doch der Arbeit ist viel, und die Arbeiter sind träge. Diese Abhandlung wird wahrscheinlich nie geschrieben werden – wir haben doch beide den Zusammenbruch der meisten meiner Pläne gesehen!

Und überhaupt, bitte verzeih mir – dies ist ein Brief. Kein Traktat über Kunst.

Doch die Stille dieser Stadt reizt zum Nachdenken. Ich bin ihr so nah, wie ich Dir niemals nah war – eine Nähe des Denkens.

Ich erinnere mich: Ein Ausflug vor drei Jahren. Eine kleine Stadt am Frischen Haff. Am Strand braungebrannte Fischer, düster wie die Jünger Jesu in Raffaels wunderbarem »Fischzug«-Bild. Schwere, klobige Boote mit schwarzen und roten Segeln – und von solcher Zärtlichkeit die Namen jener Boote – »Klara-Maria«, »Amanda-Anna« – Erinnerung an eine erste Liebe oder an ein erstes Lächeln der kleinen Tochter. Und die Stadt – ein Hügel, darauf eine Kirche aus der Zeit des Barock. Rote Backsteinmauern schlängeln sich den Hügel hinab. Die schmalen Gassen drücken sich an den starken roten Stein, als suchten sie Schutz, in den Mauernischen warten verblichene traurige Holzmadonnen auf den Herbstregen. Und um zwölf Uhr, wenn alle Kirchenglocken läuten, zittert die klanggesättigte Luft, als sei die Stadt ein wunderbarer Klöppel der durchsichtigen Himmelsglocke. Und danach eine große, besänftigte Ruhe. Ohne Erwartung. Nur gegenüber dieser Kirche, über das gefrorene Schweigen hinweg, ragt stolz der Turm des Kopernikus, und die Augen seiner altersweisen Fenster wissen, daß selbst diese Stadt, die seit Jahrhunderten den Schlaf ihrer Mauern hütet, daß selbst diese Stadt nicht still an ihrem Ort steht, denn die Erde dreht sich.

Mir fällt es heute schwer zu glauben, daß auch Brügge sich auf diesem sich drehenden Erdball befindet, daß auch Brügge von Menschenhänden gebaut wurde, von ebensolchen Händen, die Tausende anderer Städte bauten, für den Handel und den Reichtum, in Sorge, Zwist und Krieg und »Eifersucht des einen gegen den anderen«. Ruth

9 Vom Meer und von den Märkten

Wieder waren die Tage lang wie Korridore alter Häuser. Der Schatten eines nahen Menschen schimmerte zwischen den Bücherseiten. Sie wanderte in den leeren Zimmern umher wie in einem fremden Land. Und erstarrte bei den Fenstern, die auf den Hof schauten. Viele kamen und gingen, Immanuel war nicht unter ihnen.

Ostende, 30.10.34

El, mein Immanulino,
wenn ich in all diesen Jahren vom Meer träumte, sah ich es blau. So blau, wie ich es zuletzt zurückließ, an einem jener Sommertage, bevor ich Dich kannte. Es war gute Kühle in diesem hellen Blau, im beruhigenden Wissen, daß es der Sonne zulächeln kann – es ist nichts dabei, daß die Sonne wärmer ist als es selbst, das Meer, und es ist einfach gut so, einfach so, ohne Grund und Zweck.
Doch jenes Meer, so blau und klar wie die Augen von Säuglingen, ist wahrscheinlich dort geblieben – an jenem lächelnden Sommertag, bevor ich Dich kannte. Hier fand ich ein anderes Meer, das jene Augen der Säuglinge niemals gekannt hat. Grau und groß ist hier das Meer im Herbst – nur ein wenig Grün schimmert durch diese durchsichtige Asche hervor, die Linie des Horizonts verschwimmt, der graue Himmel scheint die Fortsetzung des Meeres zu sein – nur etwas leichter und melancholischer.
Das Meer heute ist wie jene Herbstdämmerung in sehr einsamen Fenstern, wenn das Buch der Hand entgleitet, das

Echo der Schritte verstummt, auf den Fensterscheiben nur Schattenwellen vorübergleiten – und Du nicht kommen wirst, diese Einsamkeit aufzustören.

Man kann in der Herbstdämmerung vor den sehr einsamen Fenstern träumen, man kann am Strand angesichts dieses grauen Meeres träumen und sich all die Dinge vorstellen, die nie Wirklichkeit sein werden. Angesichts dieser Wellen läßt sich träumen von sehr dunklen Abenden und von einem geräumigen Haus – vom Feuer im Ofen, von jenem sentimentalen, romantischen Feuer, bevor es Zentralheizungen gab, von Deinem Kopf, gebeugt über ein Buch im Licht einer Lampe, so hell wie ein müder Mond angesichts dieses Meeres, vom Spiel der Kinder im Nebenzimmer, die Deine Kinder sind, und von der glücklichen Uhr, die so sehr besorgt ist um jeden Augenblick – von vielen Jahren, die in diesem Haus vergehen, und von Kindern, die wachsen und erwachsen werden und es verlassen, von unseren leicht ergrauten Köpfen und von der Wärme, die die Möbel innehaben, die Fenster, die Tapete …

Niemals wird ein solches Haus am Strand des fremden grauen Meeres gebaut werden – es wird auch an einem anderen Ort nicht gebaut werden. Wanderschaft wird sein und große Müdigkeit, und das Lachen der Kinder und ihr Weinen werden mich nicht begleiten, wenn ich gehe. Was war? Ein bitteres, aufgewühltes Jahr, und ich war bei Dir, und mit Dir war ich nicht. Mir war es nicht vergönnt, jener einzige Mensch zu sein, dessen Kuß beruhigt. Nur Herumirren Seite an Seite, Beleidigungen, Streit, einzelne gute Augenblicke – und nicht ein Moment wahrer Nähe. Und da schließt sich die Tür; ich gehe, ohne etwas gelöst zu haben, ohne das Urteil zu akzeptieren – sei nicht traurig, wenn Du diese Zeilen liest, erinnere Dich nicht mit Reue. Meine Schuld war es allerdings nicht!

Doch genug. Schluß mit der Lyrik. Nicht das Meer ist schuld daran. Es gibt solche sehnsuchtsschweren Augenblicke. Doch das ist nicht das Wesentliche. Besser erzähle ich Dir von dieser Stadt, die nicht nur Meer ist. –

Du wirst Dich bestimmt wundern, doch ich sah, außer dem Meer, hier eigentlich nur den Markt. Die Stadt als solche existiert fast nicht in dieser Jahreszeit. Niemand kommt, um das herbstliche Meer zu genießen. Die Stadt ist ausgestorben. Nur heute, wegen eines Festes, dessen Anlaß mir unbekannt ist, kamen Jugendgruppen, um hier einige Stunden zu verbringen. Ich war um neun Uhr da, um zwölf trafen die anderen ein. Die Stunde meiner Einsamkeit in Gesellschaft des grauen Meeres war vorbei. Auch die Sonne schaute durch ihre Aschegardinen hervor, und da verließ ich den Strand mit dem leichten weißen Gebäude des Kurhauses und den schweren, verdreckten Fischerbooten und schlenderte durch die Straßen. Bei einer kleinen Kirche, so graziös wie eine Dorfschönheit, einer roten Steinkirche wie fast alle belgischen Kirchen – der Marktplatz. Kundschaft von der Stadt war gekommen, der Platz quoll fast über. Ich liebe Märkte in fremden Städten, sie haben etwas vom Lebensrhythmus der Stadt selbst.

Der Markt war bunt und verwirrte etwas die Sinne. Selbstverständlich viele Fische. Ihre glänzenden Schuppen in den Eimern wie Silberschmuck. Leichtes Glucksen des Wassers, der Geruch des Meeres. Gemüse in farbenfroher Vielfalt, wie ein bunter Perserteppich. Überall Zierat und Souvenirs für die wichtigen Gäste. Mitten im Marktgetümmel zwei Musikanten (wahrscheinlich Arbeitslose), die einen typischen belgischen Tanz spielen. Einige dicke Hausfrauen stellen ihre Körbe auf den Boden, falten ihre Hände über den Schürzen – und lauschen der Musik. Ein junges Mädchen, wahrscheinlich ein Dienstmädchen, billig herausgeputzt, doch erfreulich anzusehen, nähert sich schnell den Musikanten, um die sich schon ein Publikum versammelt hat. Ihr noch leerer Korb ist bei einer der Marktfrauen stehengeblieben, sie beeilt sich sehr und summt unterwegs leise, doch hingebungsvoll die Melodie mit. Mir scheint, bald würde man zu tanzen beginnen, doch man tanzt nicht.

Ich schaue voller Bewunderung die Hausfrauen an, die ihre Jagd nach »Schnäppchen« unterbrochen haben, um einem Lied zu lauschen. Ich bewundere diese Fähigkeit, die Arbeit zugunsten eines kurzen Vergnügens zu unterbrechen. Nur die, die ein wenig das Nichtstun zu schätzen wissen, verstehen es auch, fröhlich zu sein – nicht das lange, einschläfernde Nichtstun des Orients, das durch die heißen Tage fließt, wie Rauch und Wasser in den Schläuchen der Wasserpfeife, nicht das aufgezwungene Nichtstun der Arbeitslosen, nicht das Nichtstun der Feiertage mit ihren öffentlichen Spaziergängen und ihrer Majestät, der Langeweile, sondern das Nichtstun für einen Augenblick, um einem Lied zu lauschen. Unsere Märkte sind schmutzig, stinkend, geplagt von schweren Verwünschungen und harter Verbitterung, so wie die ganze graue Armut Osteuropas. Die Märkte in Deutschland sind ordentlich und geradlinig wie ein universales Kaufhaus in einem Industriegebiet – neben jedem Gegenstand ein Preisschild und Reihe um Reihe geordnete Tische – und hier ist der Markt nichts anderes als ein Jahrmarkt mit all seinen Freuden. Die fleißigen Hausfrauen kommen hierher, um ihre Einkäufe zu tätigen. Ihre Tätigkeit ist verantwortungsvoll und ernst, sie sind nicht leichtsinnig, sie verstehen es, nicht weniger als die deutschen Hausfrauen, den Pfennig zu ehren, doch sie sind schnell fröhlich, sie wissen, daß eine solche vergnügliche Pause der Arbeit nicht hinderlich ist.

Doch eines haben wohl alle Märkte der Welt gemein: Sie sind das Zentrum des Humors und des Scharfsinns der Stadt. Wo hörst du derartig schlagfertige jüdische Verwünschungen wie aus dem Mund unserer Marktfrauen? Der Markthändler in Berlin hat eine freche, witzige Antwort auf alles, was man sagt, er kann mit dem begabtesten Conférencier erfolgreich konkurrieren. Döblin verstand es, dies zu beschreiben. In den Städten am Rhein gibt es eine lustige Sitte: In der Karnevalszeit gibt es einen Tag, der Altweiberfasnacht genannt wird. An diesem Tag kommen alle Marktfrauen, alte wie junge, kostümiert zum Markt, geschmückt mit Hunderten von Schleifen und Bändern und mit breitkrempigen altmodischen Hüten. Der Markt ist übersät mit Konfettischnee, und das Lachen hört nicht auf. Jedermann weiß, daß man an diesem Tag nichts übelnehmen darf.

Überhaupt, die Fröhlichkeit draußen, in solchen zufälligen Zusammentreffen, enthält viel mehr echte Freude, strahlend und frei, als die in geschlossenen Räumen. Sie ist leichter und weniger erotisch aufgeladen. Doch vielleicht stimmt das

nicht. Man sagt, im Rheinland kommen die meisten Kinder im neunten Monat nach dem Karneval zur Welt.
Ich muß meinen Brief jetzt beenden, Immanulino. In einer Viertelstunde geht meine Reise weiter. Ich will das Meer sehen. Ich werde Dir nicht darüber schreiben ... Es ist besser, wir sprechen über Märkte. Ruth

10 Lyrisches Intermezzo II

Die schweren Tage lasteten wie ein Stein am Hals. Ruth wußte: Es reicht nicht, in die Städte der Phantasie zu reisen. Man muß ganz und gar weggehen. Eine andere Reise ist vonnöten, von der noch niemand zurückgekehrt ist. Vielleicht sollte man nicht sein.

Am Abend stieg die dünne Quecksilbersäule auf über 38,6 Grad – es gab dafür gar keinen Grund, nichts verursachte ihr Qualen, nur nahmen auf einmal alle Gegenstände andere Gestalt an. Deshalb schrieb sie:

Zwischen Reise und Reise

El, El, El, Immanulino!

Die Reise, die nun von Brüssel nach Paris geht, legt eine lange Strecke zurück vom Fenster meines Zimmers, das die Lampe und den Mond widerspiegelt, bis zu meiner geschlossenen Tür.

Bei der Tür die erste Station: Die Reise hält inne, um den Schritten auf der Treppe zu lauschen. Ihre Räder sind bereit, die ganzen drei Stockwerke hinunterzurollen, wenn Deine Schritte unten zu hören wären. Doch diese sind nicht zu hören, und deshalb beschließt die Reise, sich nun doch nach Paris auf den Weg zu machen. Zu diesem Zweck galoppiert sie zum kulturellen Zentrum in meinem Zimmer, zum Schreibtisch. Hier nimmt sie die Kohle für den Weg auf (Tinte für den Füllfederhalter), und weiter galoppieren die Räder in die Nacht.

So gelangt die Reise zum großen Meer. Hier geht das Schiff.

Die Uhr ist der Kapitän – umsichtig und sicher. Er kennt die Abfahrtsstunde und hat meine Ankunftszeit im Hafen festgelegt. Mir wird er diese nicht verraten – er ist ernst und schweigsam wie alle Kapitäne.

Langsam entfernt sich das Schiff von den Ufern des weichen Sofas, das mit der ruhigen Sicherheit des Festlandes an Ort und Stelle bleibt. Warum winkte es nicht zum Abschied mit einem weißen Tuch vom Strand? Niemand hat mich begleitet. Du warst nicht mit mir, als ich mich auf den Weg machte. Nur ich war mit mir. Und ich vergaß, mir mit einem weißen Tuch vom Strand her zuzuwinken. Ein bißchen liebe ich mich schon, und es fällt mir schwer, von mir Abschied zu nehmen. Doch schäme ich mich, die einzige im Hafen zu sein, wenn das Schiff abfährt – und zu weinen. Noch nie habe ich geweint, wenn die Küste hinter mir zurückblieb.

Dieser ferne Mond ist der einzige Leuchtturm im Meer der Nacht. Einer von denen, die das Schiff nie erreichen wird. Schade! Das Licht dieses Leuchtturmes weiß nichts von Dir. In ihm kann man sich vielleicht von jeglichem Denken ausruhen, den Verstand und das Herz in einer alten Steinburg einschließen, sollen doch die Wellen der Gefühle kommen, sollen sie doch Tag und Nacht an die Mauern schlagen, die Leuchtturmburg, die im Herzen der Meere steht, ist fest und verriegelt – so ist es!

Vielleicht ist es gar kein Leuchtturm. Vielleicht ist der Mond eine Insel. Auf meiner nächtlichen Reise von Brüssel nach Paris. Meine Nächte wissen nichts von Geographie. Meine Nächte glauben nicht, daß die Strecke von Brüssel nach Pa-

ris über Land geht. Im Gegenteil, sie glauben, daß die Wellen der Dunkelheit alle Städte der Welt vereinen und es zwischen diesen Wellen eine Insel gibt, die Mond heißt.
Könnte ich an dieser Insel aussteigen, was würde ich auf ihr tun? Felsen und Sand gibt es dort, Luft nicht und auch Menschen nicht. Auch Du bist nicht dort. Und mit Sicherheit ist dort die Langeweile sehr groß. Man könnte auf einem der Mondfelsen sitzen und durch die Abgründe der Dunkelheit zur Erde blicken. Sie rund und klein sehen. Sie sehen wie jenen Ball der Kinder, der aus der Hand des Tages zur Hand der Nacht fliegt. Und nicht wissen, wo und wie sich darauf, auf diesem fröhlichen Ball, die Heimatstadt befindet, die gar nicht fröhlich ist. Und wenn man an Dich und an die Erde denkt – kann man nicht umhin, zu fühlen und zu sehen, daß Du größer bist als sie, so wie Du jetzt größer bist als der Mond.
Ich sehe Dich im Meer der Nacht durch meine kleine Schiffsluke, und Du füllst die Nacht aus. Du bist größer als mein Fenster und als das Haus, in dem Du wohnst, und größer als die Heimatstadt, die irgendwo an einsamen Küsten treibt, und als die Städte meiner Wanderschaft, die mir von weitem Zeichen geben.
Bitte denke nicht, nein, nein, denke nicht, ich wüßte nicht, daß Du mitnichten so groß bist. So schlau bin ich schon. Das weiß ich alles. Ich weiß, daß Du ein Mensch von mittelgroßer Statur bist, wie tausend andere auch, daß Du denkst und lachst wie tausend andere, daß Du mich und sie und andere liebst, so wie es alle anderen auch tun. Und daß es nicht nötig ist, Gipfelhöhen zu erklimmen, um Schulter an Schul-

ter neben Dir zu stehen. Nein, ganz entschieden, es ist nichts Großes an Dir. Nein, nein, ganz entschieden, es ist nichts an Dir, das der großen Liebe würdig ist. Nein, es ist nur ein Zufall, sogar ein etwas beleidigender Zufall, daß ich, die Schlaue, die Wissende, diejenige, die die Dinge bis zum Grund versteht, Dir nicht sagen kann, daß Du nicht besser bist als irgendein anderer und ich Dich deshalb nicht liebe –. Verzeih mir, ich wollte diese Frage nicht berühren, jedenfalls nicht jetzt. Denn jetzt könntest Du Dich aus einem Gefühl der Kränkung heraus an mir rächen – mich in meinem schaukelnden Schiff mitten im nächtlichen Meer zurücklassen – ganz allein. Ich fürchte mich. Ich möchte die Küste nicht erreichen. Ich fürchte die Küste, ich habe Angst vor diesen fremden großen Städten, die geboren werden und vergehen in meiner Phantasie. Ich fürchte mich vor den elektrischen Lichtern in ihnen – sie werden jedem die Blässe meines Gesichts entblößen, meine Ohnmacht, Deine Größe!

Vielleicht ist es möglich, nicht in Paris anzukommen. Vielleicht ist es möglich, für einen Augenblick von meiner Reise zurückzukehren und Dir zu sagen, daß ich nicht will, ich will nicht irgendwohin gehen, ich will nicht fahren und sehen und erzählen, daß ich …

Und vielleicht wird diese imaginäre Reise trotzdem noch heute nacht zum Gare du Nord gelangen.

11 Ein Brief über die Melodie der Städte und über die Rehe im Zoologischen Garten

Freunde haben die Stadt verlassen. Der Bahnhof war düster und kalt. Sie kehrte nach Hause zurück und fand dort alles noch leerer als zuvor. Sie wußte: Die Türen werden sich nicht öffnen. Vielleicht war jene Reise, die ihr den Rücken zugekehrt hatte – ihre eigene.

Paris, 1.11.34

El,
in dem Pariser Haus, in dem ich wohne, sind die Fenster klein. Ich habe den Eindruck, daß außer mir in meinem Zimmer auch Wanzen oder Flöhe hausen. Ich habe sie noch nicht gesehen, doch ein Zimmer, dessen Fenster so klein ist und die Tapete grau und die Tischdecke nicht besonders sauber und das Bett so breit wie die russische Steppe, dürfte eine gute Herberge sein. Bequem für diese sympathischen Lebewesen. Der Traum von einem besseren Zimmer wird nicht Wirklichkeit – wie alle Träume. Für das Geld, das ich als Miete für mein Zimmer zahle, kann man in Paris viele schöne Dinge kaufen, doch schwerer als alles ist es, Reinlichkeit zu kaufen. Und wenn ich in mein Zimmer hinaufgehe und ihre Majestät, die Concierge, sehe, wie sie ihren Busen mit epischer Götterlust kratzt, durchläuft mich ein Schauder, und ich beschließe, mir morgen eine andere Bleibe zu suchen. Morgen werde ich dies wahrscheinlich wieder beschließen.
Sei nicht irritiert, das ist nicht der »stärkste« Eindruck, den

ich von Paris habe, dennoch ist auch er es wert, zu Papier gebracht zu werden, denke ich. Insbesondere weil ich den zutiefst menschlichen Wunsch habe, mich ein wenig zu beklagen, und niemand ist bei mir, dem ich sagen könnte, daß mein Kopf mir so schwer ist und ich in der Nacht kein Auge zugetan habe.

Doch abgesehen davon hat Paris mich tatsächlich nicht in Staunen versetzt. Ich hatte einen anderen Eindruck erwartet. Das gleiche ist mir vor einigen Jahren passiert, als ich zum ersten Mal nach Berlin kam. Alle meine Begleiter waren verbittert: »Warum bist du nicht begeistert?« Ich schämte mich vor ihnen, doch ich konnte nicht anders. Allem, was sie mir zeigten, war ich schon Tausende von Malen begegnet, im Kino und in Büchern. Es war gut, es war interessant, doch es versetzte mich nicht in Erstaunen. Und so ist es auch hier. Es dauert immer einige Zeit, bis ich anfange, den spezifischen Geruch einer Stadt wahrzunehmen, mich ihr anzuschließen, sie zu lieben und zu bestaunen, und dann liebe ich sie auf Dauer.

So geht es mir meistens auch mit Menschen. Ich erinnere mich, daß ich, nach den ersten Treffen mit Dir, mit anderen über Dich gesprochen habe, ich wog die Nachteile und Vorzüge gegeneinander auf – die Nachteile überwogen die Vorzüge, und im großen und ganzen war der Eindruck nicht besonders schlecht. Allerdings auch nicht gut. Und erst nach einiger Zeit wurden all diese Einzelheiten völlig bedeutungslos, und ich fühlte plötzlich, daß Du – Du bist; und all die anderen Dinge verschwanden aus meinem Blickfeld. Und ich liebe Dich – zu meinem Bedauern – auf Dauer.

Paris ist noch nicht Paris für mich, und ich fürchte, daß es mir in der kurzen Zeit nicht gelingt, mich in diese Stadt zu verlieben. Eigentlich bin ich nur einen Tag und zwei Nächte hier, und ich habe fast noch nichts gesehen. Ich habe nichts gesehen, aber etwas gehört habe ich schon. Eine besondere Melodie verbirgt sich im Lärm der Städte, und diese Melodie kann das Ohr nur wahrnehmen, bevor es sich an sie gewöhnt hat. Es ist wie der Lärm einer großen Schule, von dem jeder, der hineinkommt, entsetzt ist und fragt – wie können Menschen diesen Lärm tagtäglich hören? Und jene, die in ihm leben, nehmen ihn gar nicht wahr.
In der Melodie der Städte gibt es immer ein musikalisches Thema, einen Rhythmus und einen bestimmten Klang des Orchesters. Das Thema Heidelbergs beispielsweise ist zweifellos ein altmodischer Walzer, voller sentimentaler Weinerlichkeit, von der Art jenes »Kitsches«, der dem Ohr angenehm ist und ein wenig lächerlich für den abwägenden Verstand. Das Thema Kölns am Morgen, einer langsam schreitenden alten Stadt, das Andante einer großen Symphonie – ein tiefes, sehr feierliches Pianissimo mit den Donnerschlägen der Trauer, die von weit her kommen. Hier in Paris fielen mir zwei Themen auf: Am Tag – ein lebendiges, fröhliches, ironisches Scherzo, ein Scherzo mit unschuldiger Melancholie und betonter Groteske, die Melodie eines alten Maestro, vom Jazz begleitet – ein sehr seltsames Scherzo, das in all seinen Variationen nie seinen spezifischen Wesenszug verliert ... Doch in den Nächten, wenn das Ohr die gleiche Melodie durch das geschlossene Zimmerfenster aufnimmt und der Lärm in den Straßen sich noch nicht beruhigt

hat, doch schon Intervalle schrecklichen Schweigens enthält und ein feines, lyrisches Pianissimo, ein nächtliches Pianissimo – in jenen Stunden des städtischen Dunkels, das gar nicht dunkel ist –, ist die Melodie ein feierliches, tragisches Finale, erhaben, versöhnlich und ersterbend wie letzte Lebensstunden ... Was prophezeit dieses Finale einer Stadtsymphonie, die noch nicht geschrieben ist? Ist es tatsächlich das Ende? Oder vielleicht der Anfang einer anderen, neuen und noch schrecklicheren Symphonie – die »Zehnte« des zwanzigsten Jahrhunderts?

Doch es gibt keinen Eindruck, der individueller ist als der des Hörens. Das Ohr ist noch mehr Künstler als das Auge, sogar mein Ohr, das überhaupt nicht besonders musikalisch ist. Was aber sahen meine Augen hier? Meine Reiseführerin in Paris – die Freundin einer Verwandten meiner Freundin in Berlin (ach, ist das eine Nähe), ein durchaus »nettes« Mädchen, doch bar jedes Interesses für Spezifisches, führte mich aus irgendeinem Grund zum Neuesten, das es in Paris gab (das Alte hat es bestimmt schon geschafft, ihr überdrüssig zu werden) – in den Zoologischen Garten. (Noch vor kurzem war hier bekanntlich der Zoo Jardin des Plantes, und es gab zumindest die Möglichkeit zu witzeln: in Berlin, im Tiergarten – nur Pflanzen; hier, im Jardin des Plantes – Tiere). Ich hatte nichts dagegen. Ich hatte besonders Sehnsucht nach der Flamingofamilie. In Köln hatte ich sie damals ein einziges Mal gesehen, doch es dann nicht mehr geschafft, sie ein zweites Mal zu besuchen. Mein Verhältnis zu Tieren ist so oberflächlich wie das vieler meiner Bekannten zu Menschen (prüfst Du Dich jetzt selbst auf »Herz und Nieren«?

Das lohnt sich nicht!). Es reicht mir, anderen ihrer Spezies zu begegnen, und diese nehmen dann den Platz meiner alten Freunde ein. Also ging ich die Flamingos besuchen. Sie flanierten hier in der südlichen Natur, die man für sie eingerichtet hat, aufrecht, rosig gefiedert wie Bergschnee beim Sonnenuntergang, doch diesmal eroberten sie aus irgendeinem Grund mein Herz nicht. Ich habe mich wahrscheinlich geirrt – zu denen in Köln hatte ich eine echte Seelenverwandtschaft.

Statt dessen genoß ich den Aufenthalt am Rotwild-Gehege sehr. Zwei aufrechte Rehe, wahrscheinlich Mutter und Tochter, kamen auf uns zu. Wir gaben ihnen das Brot, das wir für sie gekauft hatten. Es war angenehm, in ihre großen, melancholischen und vertrauensvollen Augen zu schauen und auf der Hand ihre weichen Lippen und ihre warmen Zungen zu spüren.

Ich erinnerte mich an einen Spaziergang im heimatlichen Park, nur einen Monat liegt er zurück. Auch dort flackerten im dämmrigen Licht die gelben Blätter der Pappeln, als wären sie von der Sonne herabgefallen, und die Rehe standen aufrecht und schauten melancholisch. Du sagtest, ich hätte Angst vor ihnen – sie nahmen das Brot nicht aus meiner Hand. Du irrtest Dich, Immanulino, ich fürchte mich nur vor einer Art Lebewesen – vor Menschen. Und diese weichen, graziösen, zitternden Geschöpfe erwecken in mir nur ein Gefühl von Zärtlichkeit und Behutsamkeit. Doch nicht ohne Grund wollten die Rehe damals von dem Brot in meiner Hand nicht kosten: Ich war eifersüchtig auf sie. Du wirst es nicht verstehen, doch Deine Augen hatten in diesem

Augenblick solch einen zärtlichen Ausdruck, Du schautest diese schönen Tiere genauso an, wie Du mich in den besten Augenblicken der Liebe angeschaut hast. Ich habe es schon einige Male bemerkt – Du hast keinen speziellen Blick für mich: Alles, was gute Gefühle in Dir erweckt, wird mit dem gleichen Blick beschenkt. An jenem Herbsttag, still und vollgesogen mit Erdgerüchen, waren es die Rehe. Nicht ich.

Sehr melancholische Augen haben die Rehe. Viel ist die Rede davon in Gedichten, in der Literatur überhaupt. Ich sah sie an und erinnerte mich aus irgendeinem Grund an Eleonore Duse, die zu sehen ich nicht das Glück hatte (ich habe überhaupt ein merkwürdiges Talent, mich an Dinge zu erinnern, die ich nie gesehen habe). Jemand sagte, meine Augen seien denen der großen Mimin ähnlich, doch bin ich sicher, daß die Augen der Rehe ihnen viel ähnlicher sind. Da sehe ich die Bewegung ihrer schnellen Füße – welch einen fröhlichen Rhythmus hat ihr Gang, und in den Augen fast Trauer. Mir scheint, so war die Duse in ihren wenigen Goldoni-Rollen – leichte, fröhliche Bewegungen und diese große Traurigkeit in den Augen.

Es ist erstaunlich, wie viele Assoziationen zwei so kleine Geschöpfe hervorrufen können. Heute erinnern sie mich an die Familie, die ich gleich nach meiner Ankunft hier besuchte – Mutter und Tochter. Beide schmal, leichtfüßig, zart, großäugig. Große Trauer in den Augen. Die Mutter – eine Frau von etwa zweiundvierzig Jahren – bemüht sich mit dem Rest ihrer Kräfte, an der Beweglichkeit des Lebens festzuhalten. Sie ist eigentlich sehr müde, ist klug und weiß, daß ihr nun nichts mehr beschert werden wird. Sie hat die Augen einer

Tragödin und sehr weiße, nicht besonders schöne Hände, weich und verzweifelt. Die Tochter, etwa vierzehn, braungebrannt, doch blaß, birgt in ihren Augen einen Schatten des tragischen Blickes der Mutter – sie geht auf das Leben zu und weiß schon, daß es gar nicht gut ist. In Berlin erlebte ich mit ihnen einen sehr traurigen Abschnitt ihres Lebens. Und heute sehen sie in mir die böse Erinnerung an jene Tage. Sie nehmen sich vor mir in acht. Besonders die Kleine, die mit schmerzvoller Vorsicht den Deckmantel des Geheimnisses, der auf ihrer Traurigkeit ruht, hütet (die Mutter ist zu klug und verzichtet darauf). Und ich, nicht um »die Blöße des Landes« zu sehen, bin ich gekommen. Ich bin einfach zu nahen Menschen gekommen. Ich brauche ihr Geheimnis nicht, so wie sie meines nicht brauchen. Wir gehen unterschiedliche Wege, doch ab und an führen sie uns zusammen, und es gibt den Wunsch, daß diese Begegnungen gut sein mögen. Doch das Kind, das mich mit einer Mischung aus Zuneigung, Erwartung und Mißtrauen anschaut – mit jenem Blick, der häufig bei jungen Mädchen in bezug auf die Älteren vorkommt –, wird nicht einfach Brot aus meiner Hand essen, obwohl ich mich vor ihr nicht fürchte und sie nicht beneide.

Ja, es ist eine eigenartige Geschichte mit Menschen, denen man näherkommt, die man verläßt und wiedersieht – uns, Immanulino, droht diese Gefahr wahrscheinlich nicht. Heute abend habe ich aus irgendeinem Grund das Gefühl, daß wir uns nie wieder begegnen werden.

Sei gegrüßt, und schreib trotzdem. Ruth

12 Über die Kinder und insbesondere über Josephine

Es war noch Helligkeit im letzten Lachen des Herbstes. Im Stadtpark spielten Kinder. In ruhigen, langen Alleen jagten sie den flüchtigen Herbstblättern hinterher. Ihre Wangen, wie frisches, festes Herbstobst, wurden rot im Wind. Ruth ging an ihnen vorbei und traute sich nicht, diese fremden Locken zu streicheln. Es war Herbsthelligkeit voll Sehnsucht und Stille.

Paris, 3.11.34

El, fremder Mann El,
liebe mich in den Briefen nicht mehr, als Du mich damals liebtest, und vergifte mich nicht mit Sehnsucht. In diesen hellen Herbsttagen, in dieser fremden großen Stadt, die sich langsam in mein Herz stiehlt, kann ich nicht glücklich sein.
Heute nacht sah ich Dich in meinem Traum mit einem fremden Kind spielen. Du lachtest. Der Kleine lachte. Ich war irgendwo abseits. Weit weg.
Ich träume immer noch von Dir. –
In Berlin gibt es mehr Grün als in Paris. In Paris mehr Kinder. Das stimmt natürlich nicht. Ich habe ja mit eigenen Augen diese Anzeige in einer deutschen Provinzzeitung gelesen:
»Mit Freude zeigen wir die Geburt unseres achten Jungen an. Siegreich werden wir Frankreich schlagen!«
Solche Anzeigen habe ich in Frankreich nicht gesehen. Und überhaupt klagt man hier bei jeder Gelegenheit über die sin-

kende Geburtenzahl. Aber das Kind ist hier spürbarer, sein Geist schwebt über der Welt dieser Stadt.
Natürlich sind hier, wie in jeder Stadt, überall Kinder zu sehen. Doch ich bin in den Jardin du Luxembourg gegangen, um sie anzuschauen, da ich vor meiner Abreise Duhamels *Die Freuden und die Spiele* gelesen habe. In London hätte mich mein Weg nach Kensington Gardens geführt, denn in Barries Buch *Der kleine weiße Vogel* sind die Kinder dort. Das ist für immer mein Problem – die Literatur dient mir als Brille.
Doch bereue ich es nicht, daß ich einige Stunden im Jardin du Luxembourg verbracht habe. Erstens war die Sonne mit mir, zweitens war ich von rauschenden Herbstblättern umgeben, und drittens hat mich meine Hoffnung nicht enttäuscht – die Zahl der Kinder war immens. Sie sind hier überall, vertieft in ihren Spielen und die »Großen« nicht beachtend, die sie anschauen, als seien sie kleine Götter. Schade, daß ich ihre Sprache nicht ausreichend verstehe – der Ernst ihrer Unterhaltung zeugt davon, daß ihre Gespräche es würdig sind, gehört zu werden. Ich erinnere mich, wie groß das Vergnügen in Berlin war, als die Worte eines etwa sechs Jahre alten ernsthaften und wichtigen Menschen mein Ohr erreichten, der voller Verbitterung und Verachtung seinen vierjährigen Kumpan »Mensch!« schimpfte. Doch auch hier fängt mein Ohr erbauliche Laute. Da, dieser Winzling in den blauen Hosen (er ist allenfalls sechs Jahre alt) zankt sich mit einem Mädchen in weißem Mantel und mohnroter Mütze – »La barbe!« – »Meine Fresse!« – schreit er zornig und fährt mit seinem kleinen Finger über seinen

imaginären Bart, eine typische Bewegung eines Pariser Straßenjungen.
Die Mütter sitzen auf den »Pliantes«, den Klappstühlen, und den Holzbänken. Sie stricken, gähnen, tratschen. Die Kinder rennen in den Alleen umher, sitzen am Rand des Springbrunnens und segeln mit ihren kleinen Puppenbooten in ferne Länder aus den Geschichten Jules Vernes und Gnessins. Die jungen Mütter und die koketten Kindermädchen gehen hin und wieder zum Springbrunnen, um nach den spielenden Kindern zu schauen. Junge Müßiggänger beginnen eine Unterhaltung mit den Kleinen und lächeln den Frauen zu. Das Spiel der Erwachsenen ist nicht minder angeregt und spannend als das der Kleinen.
Die Kinder hier kommen aus allen Schichten, Kulturkreisen und Farben. Neben mir schlägt ein kleiner Schwarzer, dessen Zähne wie jene auf dem »Odol«-Plakat glänzen, ein hellhaariges Mädchen, das versucht, seinen Händen ihren bunten Ball zu entreißen. Weinen, großes Geschrei. Beide Mütter kommen ihren Kindern zur Hilfe. Waffenstillstand. Frieden. Die Mutter des Schwarzen, eine schöne Französin, blond, hochgewachsen und schlank. Man sollte Mutter und Kind photographieren und das Bild nach Deutschland und Amerika schicken. –
Die Kinder sind hübsch und geschmackvoll angezogen. Ich erinnere mich an eine Stelle aus Rollands *Jean-Christophe*: Jean und Olivier flanieren durch die Straßen von Paris und sagen, keine andere Stadt der Welt kleide ihre kleinen Mädchen mit derart gutem Geschmack … Sie hatten recht. Die Pariser Mütter hingegen sind äußerst schlicht gekleidet.

Die »betörende« Kleidung ist den Ausländerinnen und den Prostituierten vorbehalten. Doch nicht alle Kinder kommen zum Spielen hierher. Hier dieses Mädchen, etwa neun Jahre alt, mit lebhaften schwarzen Augen und durchsichtig grünlicher Gesichtsfarbe, verkauft Blumen. Von Zeit zu Zeit nähert sie sich einer Gruppe von spielenden Kindern, schaut ihnen einige Augenblicke zu und geht wieder. Sie hat keine Zeit, sich aktiv an dem Spiel zu beteiligen. Sie hat zu tun. Ich beobachte, wie sich der Ausdruck ihres lebhaften kleinen Gesichts verändert, wenn sie sich zu den Kindern begibt – sie ruft ihnen kurz etwas zu, und man kann sofort erkennen, daß sie schon mitten im Spiel ist, mittendrin, noch einen Moment, und sie wird Anführerin. Doch da geht ein junger Mann und eine junge Frau vorbei, und schon verfolgt sie das Paar mit ihrem kleinen herbstlichen Blumenstrauß – die Spiellust wird verdrängt vom Verlangen, den Lebensunterhalt zu bestreiten. Nur selten wendet sich der kleine Kopf zurück, und ein kurzer begehrlicher Blick beäugt die Kinder, die ihr Spiel ohne sie fortsetzen. Sie winkt mit der Hand, verbirgt ihren Neid, und ihr ganzes Wesen drückt aus: keine Zeit!

Ich denke noch an dich, Josephine, meine kleine Freundin vom Ufer des Rheins! Auch Josephine hatte schwarze Augen, glänzend wie Achat, Gier und Flinkheit und ein lebhaftes, grünlich blasses Gesicht. Sie war etwa drei Jahre älter als dieses Mädchen, doch von noch kleinerer Statur. Zu Hause waren, außer ihr, vier Kinder, alle jünger als sie. Der eine, neunjährig, gesünder und größer als Josephine, half ihr bei ihrer Arbeit. Die drei anderen waren noch Kleinkinder. Der Vater ohne Arbeit, die Mutter Waschfrau. Josephine verbrachte alle Tage am Ufer des Flusses mit ihren kleinen Blumensträußen. Es war kein leichter Broterwerb. Besondere Kunstfertigkeit war erforderlich, um mit der Meute von Kindern und Erwachsenen zu konkurrieren, die das gleiche »Geschäft« betrieben. Und tatsächlich war Josephine ein Künstler ihres Faches. Sie tat alles mit einzigartiger Gier. Ihr Redefluß brach nie ab, wenn sie ihre Kunden überredete, und ihre Beine wurden nicht müde, diese zu verfolgen. Von ihr kaufte man mehr als von den anderen.

Besonders die Männer. Sie hatte etwas sehr Weibliches, etwas Aufreizendes, Ruheloses, ein begeisterungsfähiges, leidenschaftliches Naturell Verheißendes – mehr als einmal bemerkte ich erschreckt die Blicke ihrer Kunden, die ihr verstohlen etwas signalisierten. Und wahrscheinlich erschrak ich nicht ohne Grund, denn die kleinen grünlichen Schlangen in ihren spöttischen Augen nahmen es auch wahr. Eigentlich war ihre kleine Statur ihr einziger Schutz. Man konnte nicht glauben, daß sie schon zwölf Jahre alt war, einige Monate lang war ich überzeugt, sie sei nicht älter als acht. Das bewahrte sie vorerst vor der vollständigen Zerstörung ihrer Kindheit.

Josephine kannte alle »Paare« der Stadt. Mich sah sie immer in der Gesellschaft Schanthilals. Wir waren ihre »guten Kunden«, bis sie zuletzt sogar aufhörte, uns die Blumen anzubieten. Sie wußte: Wenn einer von uns Geld hätte, würden wir ohnehin kaufen. Doch wenn sie mich in Begleitung eines anderen jungen Mannes traf, verkündete sie durch lebhafte, reiche Mimik ihr Staunen und ihren Kummer. Verrat verzieh sie nicht. Wahrscheinlich wußte sie davon mehr als ich.

Immer wollte ich sie einmal zur Eisdiele oder in die Konditorei mitnehmen, um ihr eine Freude zu machen. Aber aus irgendeinem Grund ist es nie dazu gekommen. Ich hatte eine seltsame Scheu, was sie betraf, auch fehlten mir vielleicht gerade bei unseren Treffen die wenigen Münzen, die dafür notwendig waren. Und dann reiste ich ab. Ich hatte nichts für sie getan – auch nicht das Geringste. Ich erinnere mich nur an sie, und das braucht sie nicht.

Diese Kleine, die hier ihre Blumen verkauft, werde ich nicht zu Kuchen oder einer Portion Eis im Café einladen. Ich stelle mir den Spott in diesen braunen Augen vor, wenn ich mit meinem wunderbaren Französisch versuche, ihr etwas zu erklären. Ich fürchte mich vor dem Spott der Kinder. Außerdem, diese hier kenne ich doch nicht – sie ist nicht Josephine. Doch die anderen Kinder spielen hingebungsvoll und begeistert. Da ist eine Gruppe von fünf Jungen und einem Mädchen, auch sie in kurzen Hosen. Ein Kriegsspiel. Die Stöcke – Gewehre. Krumme Zweige – Revolver. Der Jardin du Luxembourg – ein Schlachtfeld. Das Spiel begeistert sie. Dieses Spiel begeistert immer, solange es nicht Wirklichkeit wird. Man kann diesen fünf-, sechsjährigen Militaristen schließlich nicht Remarque vorlesen. Und dieses Spiel, wie jedes Spiel, ruft das Lächeln der »Großen« hervor. Auch meines.

Nur einmal hat dieses Spiel mich zutiefst deprimiert. Es war in Deutschland. Neben meinem Haus sah ich eine Gruppe kleiner Kinder, die Krieg spielten. Eines von ihnen hatte eine alte Gasmaske aufgesetzt. Ich weiß nicht, wie sie in seine Hände gelangt war. Das war einer der schrecklichsten Anblicke, die ich je hatte. Diese Kleinen wußten schon etwas vom Krieg. Sie ahnten schon, daß er nicht nur Heldentum war, sondern auch – Tod. Und trotzdem begeisterte sie das Spiel ... Es wird noch Kriege in der Welt geben.

Diese Kleinen, diese netten kleinen Kinder, die im Jardin du Luxembourg spielen, sie werden doch, so wie wir, zerstören, vergewaltigen, übeltun ...

Und trotzdem, dennoch, ich kann sie nicht anschauen und nicht glauben, daß gerade sie das Gute sind, ich kann nicht nicht hoffen, daß vielleicht sie ein Tausendstel des Rätsels lösen werden, das wir zu lösen nicht geschafft haben.

Ich würde gerne heute nacht einen anderen Traum haben. Nicht Dich sehen, sondern mich, mit einem kleinen Kind spielend. Ich lache, und das Kind lacht, und Du, der Du etwas abseits stehst, bist kein fremder Mensch mehr.

Aber es ist besser, auch solche Träume nicht zu träumen.

Eines Tages werde ich irgendwo in der Welt Deine Kinder treffen. Sie werden fremd sein wie diese Kinder hier und werden nicht wissen, daß ich Dich geliebt habe, daß in ihrem Blut ein sehr ferner Schatten meiner Träume mitfließt. Möglicherweise werde ich dann wieder weinen. Ruth

13 Über die Dichterinnen und über einen nächtlichen Spaziergang in Begleitung Villons

Die Dämmerstunden waren kurz. Ohne Liebe und Zaudern gaben sie sich der Nacht hin. Sie wollte den Alptraum aufschieben und saß bis spät am Schreibtisch, in ihren Gedanken versunken. Es war klar: Die Menschen gehen von ihr weg, die Menschen verlangen von ihr alles und geben nichts. Die innere Kraft geht zur Neige. Also geht auch sie vom Menschen zum Buch ... Auf ihrem Tisch lagen Gedichtbände, und ihre Hände liebten das Weiß des glatten Papiers.

Paris, 5.11.34

Immanulino,
kurz sind die Dämmerstunden in der Metropole. Gestern irrte ich in diesen Stunden in den schmalen Gassen des Quartier Latin umher. Die leichte Dunkelheit rückte die Häuser näher aneinander. Es schien, als fiele am Ende der Straße ein Tor ins Schloß und es gäbe keinen Ausweg.
Hoch sind die Häuser. Ihre Fenster sind schmal und dunkel wie trübes Wasser. Die mittleren Etagen neigen sich nach vorn und kommen einander näher, über ihnen eine gerade, hochstrebende Linie. Die Häuser, die sich einander zuwenden, ähneln schwangeren, im Gespräch vertieften Frauen. Und tatsächlich werden sie hier »bauchige Häuser« genannt. »Verkörperungen« sind nicht allein die Domäne der Dichter. Es ist stickig in diesen Gassen. Der Geruch von Fäulnis und Schmutz, der Geruch von alten Lumpen und langem Sterben

entströmt allem, was da ist. Das ist der Geruch der Geschichte, doch mag ihn meine Nase nicht. Ich gehöre nicht zu den Verfechtern der Geschichte. Viele Jahre lang versuchte ich, in das Innerste der Weisheit menschlicher Geschichte zu dringen – doch ich mühte mich vergebens. Ich flaniere durch die Geschichte wie durch eine übergroße Bilderausstellung: Das Bild, das mich begeistert, fordert meine ganze Aufmerksamkeit, und den Rest sehe ich überhaupt nicht. Einzelne Gestalten und Epochen fesseln mich, und ich suche in ihnen das Menschliche, das Meine, das systematische Forschen ist nicht meine Sache.

Deshalb stieg gestern, während meines einsamen Spazierganges, schemenhaft das Gesicht des fünfzehnten Jahrhunderts vor mir auf – verschwommen regte es sich wie etwas Fernes, das ich nur vom Hörensagen kenne, wie die Liebe, die in jenem traurigen Poem beschrieben wurde, das all meinen Büchern als Motto dienen könnte und vor fünfhundert Jahren geschrieben wurde:

»Cest livret voult dicter & faire escripre,
Pour passer temps sans courage villain,
Ung simple clerc, que l'en appelle Alain,
Qui parle ainsi d'amours pour oyr dire.«

»Dieses Buch diktierte und kopierte, um die niederträchtige, mutlose Zeit zu tilgen, ein einfacher Clericus mit Namen Alain, der von der Liebe nur vom Hörensagen spricht.«

Und nach jenem einsamen Spaziergang, der in der Seele blieb wie Staub an den Händen – ein Treffen mit einigen Bekannten. Wir gingen in eine kleine Kaschemme am Montmartre. Die Kellner taten alles, was in ihrer Macht stand, schrecklichen Apachen zu gleichen, und die Kellnerinnen – fatalen Huren. Ich sah: Es waren anständige, ruhige junge Männer und Frauen, die hofften, sich etwas Kleingeld zu verdienen. Die Mehrzahl der Gäste waren Touristen und Ausländer, die ein nächtliches Paris mit all seinen Verbrechen und Schrecknissen erwarteten, und diese fleißigen jungen Männer und Frauen verweigerten sich dem nicht: »Wollt ihr ausgerechnet Apachen und Huren – bitte schön!« Man sagt, in der Nähe dieses Ortes finde sich ein unverfälschtes Paris mit seiner ganzen »Niedrigkeit«. Ich habe es noch nicht gesehen. Meine Bekannten glauben in ihrer Unschuld, daß sie mir hundertprozentig das nächtliche Paris zeigen. So soll es denn sein.

Die Unterhaltung an meinem Tisch flattert von der Politik zur Psychoanalyse, von der Kunst zur Religion – ich weiß: Bald werden sie über Marcel Proust sprechen, Stefan George und James Joyce, die sie nicht gelesen haben, und jemand wird begeistert zu dozieren anfangen über die *Reise ans Ende der Nacht* von Céline – das ist der letzte »Schrei« in diesem Herbst, der neueste Kopfputz der Intelligenzija.

Und da beginne ich wieder jene Einsamkeit zu spüren, die mich in allen Kaffeehäusern der Welt umfängt – mein kleiner Tisch segelt davon, fort von mir in den Ozean der schönen Worte. Und ich – auf meiner einsamen Insel, die sich zwischen Tisch und Lampe befindet – kann den Wunsch, mit Dir zu sprechen, nicht bezähmen. Über all die Dinge zu sprechen, die nicht neu sind und überhaupt nicht intellektuell – über Liebe und Trennung und über die lastende Einsamkeit derer, die zur Wanderschaft verurteilt sind. Kurzum: Ich möchte ein Gedicht schreiben. Widerspricht das der Höflichkeit? – Entschuldigung, meine Herrschaften, aber eure Unterhaltung ist so interessant, und ihr kennt so genau die Bedeutung aller Träume, und jeder einzelne von euch lauscht so aufmerksam und hingebungsvoll seinen eigenen Worten, und wer bin ich, daß ich der Annehmlichkeit eures Gespräches etwas hinzuzufügen vermöchte! Ich bitte darum, für einige Augenblicke von der Tagesordnung gestrichen zu werden.

Wie von selbst entstehen die Zeilen:

»Auf dem Licht meiner Hände ist heute Schabbat,
so rein das fröhliche Weiß.
Friedvolle Stille und ...«

Stille? Jemand schreit hinter mir am Nebentisch: »Garçon! Donnerwetter noch einmal!«

Aha! Unsere bedauernswerten Flüchtlinge – von den Steppen des Kurfürstendamms, von den Auen Frankfurts! Unerhört, meine Herrschaften, »verkündet es nicht in Gat«, außerdem stört ihr mich in meiner Konzentration. Natürlich, es ist nicht wichtig: So wie ihr bin ich hier »salle juive, étrangère«, doch nicht mich allein stört ihr. Schaut, jene junge Dame in der Nähe eures Tisches, auch sie hob ihren Kopf, als euer reizendes Brüllen in der Sprache der »Boches« erklang. Und sie, wenn ich nicht irre – bei meiner Seele, ich irre mich nicht! –, sie schreibt eine geniale Schöpfung in ihr Notizbuch – ein Gedicht oder eine Novelle. Vielleicht möchte sie in der Sprache dieses Paris sagen:

»Auf dem Licht meiner Hände ist heute der vierzehnte Juli,
so lebhaft das fröhliche Lachen ...«

Weshalb bin ich derart von fremder Ironie vergiftet? – Ich erinnere mich an das Diktum Ehrenburgs aus seinem Buch über Paris: »Nach François Villon und Rimbaud werden in Paris keine Gedichte mehr geschrieben, außer von jungen Damen.« Und ich, verzeih mir, Ruth, ich verabscheue junge Damen, die Gedichte schreiben. Allerdings ist die an mich selbst gerichtete Bitte um Entschuldigung ziemlich überflüssig: Ich bin keine junge Dame, die Gedichte schreibt – ich bin Dichterin. Mein Gedicht ersetzt kein Schmuckstück. Es ist kein Zierat. Ein Gedicht ist ein Gedicht. Mehr als alles ähnelt es der Liebe – in ihm, wie in der Liebe, ist es am schwersten zu erkennen, wo das Fleisch endet und wo die Seele beginnt, wo die Grenzen zwischen Form und innerer Verfassung verlaufen. Deshalb ist wahre Poesie erotisch im Grund ihres Wesens, ob es nun religiöse, philosophische oder Naturdichtung ist.
Die jungen Damen, die vom fünfzehnten Lebensjahr an bis zur Hochzeit Gedichte schreiben, muß man das Kochen lehren und sie zweimal täglich auf einen Spaziergang schicken. Das ist entschieden von Nutzen. Und die, die für sich das Ideal in Gestalt eines anständigen Gatten nicht gefunden haben und sich nun am unschuldigen Papier rächen, muß man behandeln wie Geisteskranke. Eine erfreuliche Tatsache muß hervorgehoben werden: In unseren Tagen haben der Sport und die Alltagssorgen diese amouröse Poesie verdrängt. Das ist doch der wichtigste Fortschritt in der menschlichen Geschichte.
Die Unterhaltung an meinem Tisch nimmt unterdessen tragische Form an. Jemand beweint die heutige Jugend, ihre

Hohlheit und Leichtsinnigkeit, deren Herz nur für den Fußball und den Tanz schlägt, diese jungen Menschen, die kein Buch aufschlagen und die Wissenschaften nicht für wichtig erachten. »Wo ist die idealistische Jugend der Vorkriegsjahre geblieben?« – fragt eine Zahnärztin – »Wo sind die hehren Aspirationen, das ernsthafte Interesse an Theater und Kunst und überhaupt?« – Und ich höre eine spöttische Antwort:

»Ach, und wo ist der gute König Spaniens,
dessen Name mir entfallen ist?«

Was war das denn? Wird Villon zitiert? Nie und nimmer! Nein, Villon selbst – »schwarz, dürr und kahl wie ein Ungeheuer«, mit der breiten Narbe an der Oberlippe – sagt mir dies.

Es wechseln die Kulissen auf der Drehbühne der Jahre – eine spätere Epoche folgt der früheren. Der Vorhang öffnet sich. Bitte eintreten, meine Herrschaften, bitte eintreten in das fünfzehnte Jahrhundert!

Dürftiges Kerzenlicht beleuchtet die Blutröte der Wandziegel in der kleinen Kaschemme. Ein lateinisches Lied, frech und schnell, füllt den Raum, der in Rauchdunst und Weindämpfen schwimmt. Klar und traurig ist das Klingen der singenden Gläser. Ein Paar langer Beine steigt von einem der dicken, hohen Fässer hinab. Es schaukelt zum Klang des Liedes. Irgendwann, irgendwo habe ich diesen Studenten schon gesehen, langhaarig und dürr, der auf die Schulter des hochgewachsenen, rötlichen Mädchens klopft. Das ist doch Isabeau, jene anmutige Isabeau aus der schönen Ballade des Mörders Villon, der vor ihren Augen jenen Priester tötete … Und das ist die dicke Frau, die barbusige, kokett und nieder-

geschlagen in einem, die den großen Mann mit der Narbe mit hündischer Ergebenheit anschaut, die Frau, die mit rauher Stimme lacht, wenn er ihre rundlichen Hüften umarmt, es ist doch Margot, die dicke Hure Margot, Villons Trost und Stütze. Und ich? Wer bin ich?
Warum schweigt der Schwarze, Dürre? Warum führt er keine zügellose, spöttische Ballade im Munde? Müde, sehr müde ist das Haupt des Dichters, des Anführers der Diebe ...
Es dreht sich und dreht sich die Bühne der Jahre. Wieder öffnet sich der Vorhang. – Bitte eintreten, Herr Villon, bitte treten Sie an die Ufer der nächtlichen Seine im Jahre 1934!
Einige Schritte im Halbdunkel der »Straße der fischenden Katze« am Ufer der Seine – »Vielleicht ist es gar nicht hier?« denke ich.
Brücken, Brücken und der Schatten der Häuser in der Wassertinte.
Villon berichtet mir etwas von der Tochter des Königs von Frankreich – der Universität. Von Jean Gerson. Wer von uns beiden ist an der Chronologie gescheitert? Der große Gelehrte Gerson lebte doch, bevor dieser wundersame Dichter geboren wurde! Doch weshalb sollte ich ihn unterbrechen? Es grünten doch auch zur Zeit Gersons im Frühling die Auen der heiligen Geneviève, und viele Studenten waren, wie Villon, beschäftigt, nicht mit Vorlesungen, sondern mit Frauen, mit Spiel, mit Raub, mit Poesie.
– Schau, hier – deutet Villon in eine der Gassen – war eine Hurenkirche. Davor war es ein jüdisches Bethaus. Doch Philipp der Schöne konfiszierte all eure Bethäuser. Und dieses Haus wurde den Huren übergeben. Denke nicht, daß das

eine schreckliche Blasphemie ist. Ich sah sie beten, ich betete mit ihnen. Es gab keine Frau, die so leidenschaftlich, mit solchem Verlangen um Vergebung und Sühne bat wie Magdalena.

– Und danach betrieb sie ihr Gewerbe weiter, Magister Villon?

– Waren denn die anderen Frauen besser als sie? Prostitution wurde in meinen Tagen nicht als Erniedrigung gesehen, in diesen schrecklichen Tagen des Unglücks und der Langeweile in der Geschichte Frankreichs. Verheiratete Damen der guten Gesellschaft verkleideten sich als Huren und verbrachten Nächte in einem dieser Häuser, verkauften sich für fünf Sous an jeden, der da kam. Eine honorige Dame prahlte damit, daß ihr Schuster sie nach dem Beischlaf an ihren Schuhen erkannt habe. Die Äbtissinnen und Nonnen lebten ein ausschweifendes Leben. Wer kann sich noch, wie ich, an die Äbtissin Huguette erinnern, die für ihre Hurentricks verhaftet wurde? Jene blutige Epoche löschte die Gesichtszüge der Frauen aus und verpaßte allen eine kollektive Gestalt. Schon immer empörte sich die anständige Gesellschaft gegen den Sittenverfall, doch gab es keine zwei einander so ähnliche Epochen wie deine und meine.

– Mir scheint, du übertreibst etwas die Analogie, mein Dichter François Villon.

– Das ist ein Irrtum. Da gehe ich durch Straßen von Paris, nachdem ich fünfhundert Jahre nicht hier war, und ich sehe die Stadt mit ihrem Eiffelturm, den Museen, den großen Boulevards. All das gab es nicht zu meiner Zeit, doch glaubst du denn, daß die Stadt sich wirklich verändert hat?

Damals wie heute waren und sind die Pariser Frauen schön, damals wie heute waren und sind die Plagen jener, die unter den Brücken schlafen, schrecklich, wie damals, so auch jetzt verfolgt die Polizei alle Armen wie mich, die mit Diebstahl und Raub gegen die herrschende Ordnung protestieren. Die Welt war immer und wird immer das Thema des einen, einzigen Gedichtes sein. Ich schrieb vor fünfhundert Jahren Gedichte, die mehr über eure Epoche wissen als die Gedichte eurer Poeten. Ich schrieb auf französisch, die Sprache eurer Gedichte ist aber immer noch Latein, eine tote Sprache, unverständlich auch für den Schreibenden selbst. Eine Sprache der Beschränkungen, die nie Sprache der Poesie zu sein vermag. Wozu noch Hunderte von Jahren leben und doch nicht mit meiner genialen Schlichtheit sagen können: »Du bleibst doch auch im Herbst mein rotes Reh«? Das ist Liebesdichtung.

– Seltsam, du liebst dich selbst, Meister der Diebe, François Villon.

– Nein, ich hasse mich selbst seit eh und je. Ich lache über mich, habe aber den Mut, mich meiner nicht zu schämen. Das paßt nicht zum Geist deiner Zeit. Eure jungen Mädchen schämen sich doch heute immer noch, meine Gedichte in aller Öffentlichkeit zu lesen. Eure Mütter verstecken noch immer meine schönsten Balladen vor den Augen ihrer Töchter. Doch schämen sie sich nicht, ihnen die Werke jener siebenmal schlimmeren Halunken, als ich es bin, zu geben – jener, die ebendiesen Müttern und ihren Schwestern von 1914 bis 1918 Gewalt antaten. In euch ist jene verachtungswürdige Mischung von Prüderie und Grausamkeit geblieben. Erinnerst du dich an das *Tagebuch eines Pariser Bürgers*? Entsinnst du dich an seine Empörung darüber, daß man Getöteten in den Straßen ihrer Kleider beraubte? Furchtbare Schande! Doch für die Tatsache, daß jene Straße mit Getöteten wie eine Parkallee mit Herbstblättern übersät war, schämt er sich überhaupt nicht. So wie er, so auch ihr.

– Aber, François Villon, lieber Mörder, das ist gar nicht dein Stil. Ich habe mehr Lebendigkeit, Humor und Spott erwartet, und du, du sprichst ja wie ein Moralprediger!

– Moral! – antwortet Villon aus schweren Gedanken heraus – das ist ein fremdes Wort. Doch wisse, im fünfzehnten Jahrhundert gab es einen einzigen moralischen Menschen in ganz Frankreich, und sein Name ist François Villon, der Mörder, der Räuber, der Dieb, der Obszöne, der Dichter Villon …

Dunkle Melancholie steigt aus den Wellen des Flusses. Düstere Schatten kommen unter den Brücken hervor. Villon sagt mit der Milde bitterer Verzweiflung:

Ernsthaft kann man doch nur über eines sprechen: über den Glauben der schlichten Herzen, die den Spott meiner Gedichte nicht kennen.

Und er spricht die Verse, die er seiner Mutter zueignete:

»Eine alte, einfache Frau bin ich,
die in ihrem Leben keinen Buchstaben gelesen.
In der Dorfkirche sehe ich
die Hölle und das Paradies auf den Wänden gemalt.«

Und nach einer kleinen Pause, mit einem frechen Lächeln und einem Augenzwinkern:

»Ich möchte keinen anderen lieben als meine Mutter Maria.«

Du zitierst Verlaine – wundere ich mich.
Da siehst du, daß ich etwas vom zwanzigsten Jahrhundert gelernt habe. Wenn Paul Valéry Sokrates dazu zwingen kann, Mallarmé zu zitieren, weshalb sollte dann Villon nicht Worte seines Enkels Verlaine im Munde führen?
Aus einer der Gassen kommt die dicke Margot. Villon wendet sich ihr freudig zu: »Sei gegrüßt, glücklich sind die Dicken! Meine leeren Taschen und deine vollen Brüste – es gibt nichts Besseres als das in Paris zu allen Zeiten.«
Ich lache.
Ich lache, und die Zahnärztin, die neben mir in der unechten Kaschemme sitzt, sagt: »Das ist der Champagner. Ruth genießt heute Paris!«
Ich schaue in die Gesichter der mich umgebenden Menschen, auf das weiße Papier vor mir auf dem Tisch, auf die rhythmischen Zeilen des Gedichtes. – Nun bin ich von einer weiten Reise zurückgekehrt. Der Vorhang der Wirklichkeit öffnet sich: Bitte eintreten, meine verehrte Dame, bitte eintreten in die Wirklichkeit dieses Abends! Die Karten sind günstig. Absolut günstig!
Und wenn ich nicht will, Immanulino? Ruth

Er ging hinaus. Er schloß irritiert die Tür und schrie, schon von der Treppe her: »Diese verdammte Schwere! Alles und jedes ist eine Tragödie! Ein wenig Leichtigkeit ...« Sie wußte, daß er recht hatte. Leichtigkeit! Wo wuchs diese Wunderblume? Sie war fast bereit, um Verzeihung dafür zu bitten, daß ihr schweres Herz sie bis zur Verzweiflung niederdrückte.

Paris, 8.11.34

El, Immanulino, El,
Du schreibst mir von »jener sehr willkommenen Leichtigkeit«, die durch die Zeilen meines letzten Briefes hervorschaue, endlich aufgetaucht sei, usw. Ein vertrauter Refrain, Immanulino, und wozu all dem, was schon gesagt wurde, noch Überflüssiges hinzufügen. Ich bin ein schwerer Mensch, jetzt nicht weniger als zuvor. Ich gehöre nicht zu denen, die »am meisten vom Glücke wissen«, wie Nietzsche sagte – ich bin kein Schmetterling und keine Seifenblase, und fremde große Städte vermögen nicht, mich in solche Geschöpfe zu verwandeln. Leichtigkeit – eine Gnade des Himmels ist sie.
Du hattest ja recht: Ich habe Dich, in unseren gemeinsamen Tagen, oft mit meiner Schwere belastet. Und Du hast es gut, daß Deine Liebe keine große Liebe war, die mein Schmerz schmerzte. Meine Schwere war kein Leid für Dich. Und wäre ich, Deinem Wunsch entsprechend, von größerer Leichtigkeit gewesen, es hätte sich doch nichts geändert.

Also, wozu noch darüber reden? Du machst Dir Sorgen um mich? Ich bin doch ich. Und so ist es gut.
Nein, die Leichtigkeit meines Briefes – sie hat nichts vom Spiel des schwebenden Lichts der Seifenblasen und Schmetterlingsflügel, die dem Übermenschen näher sind als wir. Und wenn tatsächlich etwas Leichtigkeit da ist, so ist sie ganz anders beschaffen – sie ist jene, von der Lao-Tse sprach: Die Schwere ist die Wurzel der Leichtigkeit.
Ich habe sie wahrscheinlich von dieser Stadt gelernt. Von Paris. Man sagt, es gibt nicht nur ein Paris, sondern zwei. Ein tanzendes und ausgelassenes Paris, das Paris der Touristen, und ein hart arbeitendes Paris, das Paris der Pariser. Das stimmt. Doch das Paris, das mühsame und schwere Arbeit leistet, hat ebenfalls zwei Gesichter: Während der Arbeit ist es steif, schweigsam und müht sich ab, und in jeder freien Minute ist es bereit zum Tanz.
Ich sah die Elenden, die Obdachlosen unter den Brücken der Seine, in meinem proletarischen Viertel sehe ich täglich die Arbeiter zur Metro eilen, um zu ihren Arbeitsplätzen zu fahren, sehe die grünliche Blässe ihrer Gesichter, die so typisch für die Arbeiter einer Metropole ist, ich sehe auch die Arbeitslosen, die viele Stunden in den Straßen herumlaufen, mit jenem »alles egal« der vollkommenen Verzweiflung. Und ich sah die Armut und den Dreck im italienischen Viertel (dort ist es noch wüster als in anderen Ecken von Paris, Gott im Himmel!) und jene Flüchtlinge aus Nazi-Deutschland, die es sich nicht leisten können, im Café zu sitzen und »Garçon! Donnerwetter noch einmal!« zu rufen. Ich sah die kleinen zwölfjährigen Mädchen, die aus eigener Erfahrung

das Leben und seine Widerwärtigkeit kennen, besser als fünfzigjährige Frauen, deren Eltern in ihrer Kindheit die Mittel hatten, sie zu beaufsichtigen, und ich sah ebendiese Frauen, beim Metzger und auf dem Markt, wie sie die minimalen Ausgaben fürs Mittagessen mit unvergleichlicher Kunstfertigkeit in Genauigkeit und Geiz zu berechnen wissen.

Ich hatte schon Gelegenheit zu erfahren, wie schwer das Leben in dieser riesigen Stadt ist und was Existenzkampf hier bedeutet. Und doch findet sich gerade bei diesen Menschen eine Kraft des inneren Widerstandes: für jedes Mißgeschick (möge es nicht eintreffen) – ein wenig Humor. Sie verstehen es, bei der Fahrt in der völlig überfüllten Metro, die sie in die Industriegefängnisse führt, einen geistreichen Scherz von sich zu geben oder eine junge Frau mit einem Kompliment und einem bewundernden Blick zu beschenken und die langweilige Fahrt in ein heiteres Spiel zu verwandeln, an dem alle Anwesenden teilnehmen; und sie verstehen es – wenn sie abends von der Arbeit heimkehren, wenn ihr Magen seine Nahrung fordert und ihr Kopf schon aus einem halben Kilometer Entfernung zum Kissen hingezogen wird –, plötzlich mitten auf der Straße stehenzubleiben und einen neuen Schlager von einem Straßensänger zu lernen, die wenigen Centimes, die sie in der Tasche haben, für den Kauf des gedruckten Liedtextes auszugeben und es nicht zu bereuen und statt später die Frau anzuraunzen, weil vom Sonntag keine Flasche Wein übriggeblieben ist, ihr die Worte jenes Schlagers als Geschenk mitzubringen. Sie verstehen es, Kinder anzulächeln, und sie verstehen es, mit humorvoller Schlagfertigkeit zu schimpfen. Sie verfügen über einen feineren und lebendigeren Esprit als jene,

die in einer glücklicheren Lage sind als sie. Sie verbringen viel Zeit auf der Straße, und ihre Schwere lassen sie zu Hause, in dem den Fremden verschlossenen Heim. In die Straße und in die Freizeit tragen sie die Leichtigkeit.
Ich hatte keine Gelegenheit, in das Innerste jener verschlossenen Welt einzudringen, in jene Sphäre, die Pariser Familien als ihr »Zuhause« bezeichnen. Doch aus allem, was ich von Leuten gehört habe, die hier schon viele Jahre wohnen, ergibt sich, daß gerade in diesem Zuhause jene Ernsthaftigkeit, jenes ernste und einfache Verhältnis zum Leben mit all seinen Erscheinungsformen, verborgen ist, jenes Verhältnis, das sich auf der Straße unserem Blick entzieht.
Ein alter Arzt, der in diesem Viertel seit über vierzig Jahren arbeitet und die Leute gut kennt, erzählte mir, daß man ihn vor einigen Tagen in das Haus eines Lastenträgers bestellt hat, um den Tod eines Familienmitgliedes zu bestätigen, eines jungen Lastenträgers mit Frau und zwei kleinen Kindern. Der Arzt trat in das halbdunkle Zimmer und sah die junge Frau des Verstorbenen und ihre Mutter schweigend in der Ecke sitzen, doch der Leichnam war nicht im Zimmer.
– Wo ist der Tote? fragte der Arzt.
– Beim Photographen, antwortete die Alte ruhig.
Der Arzt verstand den »Witz« des Ganzen nicht. Doch das Gesicht der Alten war ernst. Sie bot ihm einen Stuhl an und bat ihn, sich zu setzen und kurz zu warten, »bis der Verstorbene zurückkehrt«, sagte sie, ohne den geringsten Anflug von Unernst. Nach einigen Minuten erschien der Bruder des Verstorbenen mit einem Sack auf den Schultern und legte ihn auf den Fußboden. In dem Sack war der Tote.

– Photographiert? fragte die Frau.
– Photographiert! sagte der junge Lastenträger mit Befriedigung.
Alle waren zufrieden.
Das Ganze hatte eine einfache Erklärung: Die Familie wollte den Verstorbenen photographieren lassen, um ein Erinnerungsphoto von ihm zu haben. Ihr Geld reichte nicht aus, um den Photographen nach Hause zu bestellen. Der Photograph in der Nachbarschaft versprach, es günstig zu machen, wenn man den Toten zu einer Zeit, in der keine anderen Kunden da wären, zu ihm brächte. So geschah es, und jetzt waren sie froh über das Gelingen des »Unternehmens«. Sie freuten sich wirklich und aus tiefstem Herzen, obwohl ihr Schmerz groß war. Der Verstorbene war allen nah, von allen geliebt, und durch seinen Tod fehlten nun auch zwei arbeitende Hände im Haus.
Wahrscheinlich verstehen es die schlichten Herzen in allen Städten der Welt, an allen Orten, wo Menschen leben, dem Tod zu begegnen, ihn wie eine wichtige und gleichzeitig unausweichliche Lebenserscheinung hinzunehmen. Gerade die, deren Existenz immer bedroht ist – die Armen und Unterdrückten –, verstehen es, eine ernste und verhaltene Ruhe in jenem schrecklichen und feierlichen Augenblick zu bewahren – dem Augenblick vor dem Nichts.
Doch dieser Ernst versteckt sich im Inneren der Häuser, ist in den Herzen verborgen, scheut das Licht der Sonne – und auf der Straße zeugt nur die Leichtigkeit und der Frohsinn vom Ernst der Lebensauffassung, denn diejenigen, die niedergedrückt werden von den großen Mißgeschicken, von ih-

nen zutiefst erniedrigt und ohnmächtig gemacht werden, bemühen sich, einen Halt in den kleinen Dingen des Lebens zu finden. Ein Moment der Freude, er ist die einzige Gelegenheit für ein wenig Leichtigkeit – und die Pariser verstehen es, ihn zu nutzen.

Das Leben in der französischen Provinz ist bestimmt ruhig und in mancher Hinsicht leichter als in Paris, doch dort – Verschlafenheit und Schwere. Die Leichtigkeit aber, die um jeden Preis erworben wird, findet sich hier – in dieser schrecklichen großen Stadt. Diese Leichtigkeit, die sich an einem Strohhalm festhält, diese durchsichtige Leichtigkeit, unter der man die sehr schweren Wurzeln sieht, vielleicht werde ich sie auch irgendwann einmal erlernen ...

Es kann zwar sein, daß Du genau das gemeint hast, doch die Zeit dafür ist noch nicht gekommen – ich schicke Dir in diesem Brief meine Liebe, die so schwer ist wie je und die nur durch die große Entfernung »gesühnt« werden kann. Ruth.

15 Über den ersten Schnee in Paris

Ruth dachte an den Winter. Daß er sein Kommen ankündigt. Daß ihr Mantel zerrissen ist. Sie dachte auch, daß sie im Winter in der Heimatstadt bleiben würde, und wieder würde die Traurigkeit der vergangenen Winter zu ihr zurückkehren. Doch Schnee fiel noch nicht.

Paris, 10.11.34

Mein guter Junge, Immanulino,
als ich heute morgen aufwachte, war es kalt in meinem Zimmer, und durch das Fenster sah ich die ersten Schneeflocken in der Luft tanzen. Keiner hat ihn erwartet, der Schnee kam wie ein kleines Wunder, wie eine seltsame und unverhoffte Erinnerung. Noch ist die Straße nicht weiß, nur hier und da Flecke von Weiß, wie jene Anemonen in Heidelberg. Bald werden sie schmelzen, und in der Straße wird Matsch liegen. Doch vorerst fällt Schnee, richtiger Schnee. An der Straßenecke zündete die dunkle Frau, im weiten Mantel und mit einem riesigen altmodischen Hut, ihren kleinen Ofen an, und da steht sie und röstet Maroni. Im Weiß und Grau der schlotternden Straße – eine rötliche Flamme. Den wenigen Menschen, die vor meinem Fenster vorbeigehen, ist es sehr kalt.
Da tritt ein Arbeiter zur Frau und kauft ihr eine Portion Maroni ab. Von meinem Fenster aus sehe ich, daß er scherzt und schlottert und seine Hände über dem Feuer wärmt. Eventuell werde ich ihn, wenn ich in einer Stunde aus dem Haus gehe, auf der Brücke treffen, und er wird mich mit ei-

nem spöttischen Augenzwinkern, während seine Zähne vor Kälte klappern, fragen »Voulez-vous un apéritif, Mademoiselle?« – und frech pfeifen, wenn ich gesenkten Hauptes an ihm vorbeigehe, ohne etwas zu antworten. Und ich werde wissen, daß er friert und daß trotzdem auch ihn, aus irgendeinem Grund, dieses seltene Weiß reizt – der Schnee.

Die Straße ist fast leer. Noch nie habe ich sie so leer, still und seltsam gesehen. Ohne es zu wollen, erinnere ich mich an einen sehr fernen Wintermorgen in einer kleinen Stadt in Zentralrußland. Es ist Sonntag, die Glocken läuten, und die Straße ist sehr ruhig. Nur wenige Menschen gehen zur Kirche, und ich sitze am Fenster und habe unbändige Sehnsucht, mich ihnen zuzugesellen. Schon in meiner Kindheit war ich etwas traurig an den fremden Feiertagen. Und da, auch hier – drei hochgewachsene Frauen, in aufrechter Haltung, schwarz gekleidet wie auf einer altertümlichen Radierung – in ihren Händen lange Wachskerzen. Eine Gabe für die Kirche? Sündenvergebung? Doch da kommen sie näher, und ich sehe, daß das, was mir von weitem wie Kerzen erschien, einfach lange weiße Brote sind, das Pariser Brot, das mich immer an Kerzen erinnert – mein Katholizismus hinkt auf einem Bein!

Der Schnee in dieser langen grauen Straße mit ihren hohen, dichtgedrängten Häusern, nein, das ist nicht der Schnee jener Weiten der Kindheit. Es ist nicht der Schnee jener kahlen Ebenen, die sich bis zum Horizont erstrecken – auf ihnen nur der Stahl der Eisenbahnschienen, wie ein Kratzer im Fleisch der Erde; und man kann nicht glauben, daß hier entlang je eine Reise führen, daß je der Fuß eines Menschen diese Weiten betreten wird – und wenn der Schnee sie umhüllt, wirken sie noch größer, traurig, wie der verlassene Tisch zu Hause, nach dem Segen zum Schabbatausgang, wenn die weiße Decke auf ihm immer noch das Leuchten des Schabbats bewahrt, und die Leere um ihn herum schon den Alltag kennt. Nein, der Schnee hier ist nicht der Schnee jener kleinen Städte mit dem riesigen Zwiebelkopf der Kirche und seinem eingeschneiten Kreuz, von kreischenden Raben umflogen, mit jenen Birkenzweigen, silbern vor Frost, über die der Lehrer in der Schule das Gedicht von Fet vorlas, mit den Eismärchen auf den Fenstern, gemalt vom Genie der Heimat – Ciurlionis.

Der Schnee hier hat seine besondere Sprache, deshalb kann ich heute, wenn ich aus dem Fenster schaue, nicht denken:
»Die Kühle des Morgens, das Kreischen des Raben …«
Darum denke ich an diesen Schnee in der Sprache, die mir so fremd war – in den Versen des Francis Jammes:
»Il va neiger dans quelques jours. Je me souviens
De l'an dernier. Je me souviens de mes tristesses …«
Im Schnee ist keine Helligkeit. Er erinnert mich an meine Kümmernisse des letzten Jahres – eine Traurigkeit, so weich wie die weißen Anemonen, die vom Himmel herunterschweben. Groß war sie. Es gab sehr helle Schneetage, und ich meinte aus irgendeinem Grund immer, daß gerade diese Tage die größte Verzweiflung bringen könnten. Hatte ich recht? Ich weiß nicht, wann der große Schmerz und die Verzweiflung zu mir kamen, ob an den Wintertagen oder an anderen Tagen? – Möglicherweise waren sie immer bei mir.
Schnee und Rauch haben etwas Gemeinsames – den Flug,

das Verwischen der Form, die ewige Bewegung. Der Schnee fällt, und der Rauch steigt auf, und in beiden ist etwas von Traurigkeit und Fröhlichkeit. Ich liebe den Rauch, der sich an Wintertagen zur Bläue des Himmels emporkräuselt – in ihm sind meine Sehnsucht und meine Einsamkeit und jene Worte Nietzsches:

»Dem Rauche gleich,
Der stets nach kältern Himmeln sucht.«

Und auch im Schnee fand ich meine Sehnsucht und meine Einsamkeit – diesen Wunsch, der Erde nah zu sein, sich ihr in Liebe anzuschmiegen, und sei es auch nur, damit es ihr wärmer wird von meiner inneren Kälte …

In Wahrheit ist die Erde mir manchmal so fern wie der Himmel – mir ist der Fußboden nah, das Haus, das Zimmer, ein Gegenstand, und manchmal auch … Menschen. Doch hier sind die Häuser gegenüber so hoch, daß man den Rauch nicht sieht. Mir scheint, ich hätte während meiner ganzen Reise den Rauch nur ein einziges Mal gesehen: in Brügge. An den anderen Orten sah ich Zentralheizungen, Gasöfen in Küchen, hohe Häuser und jene schrecklichen Teerschwaden der Fabriken. Ist es möglich, daß es in Paris überhaupt keinen Rauch gibt? Außer dem meiner Zigarette – und das ist der kleine Rauch, der, wie ich, der Zimmerdecke näher ist als dem Himmel.

Der Schnee fällt, mein erster Schnee in diesem Winter. Das letzte Geschenk Europas. Wahrscheinlich werde ich diesen weißen Tanz viele Jahre nicht mehr sehen. Gut, daß es zu mir gekommen ist, das kleine Wunder, an meinem letzten Tag in der fremden Stadt Paris, von der ich nun Abschied nehme. Mir scheint, sie verabschiedet sich von mir mit etwas Schmerz. Mir ist es mit der Stadt Paris so gegangen wie Dir mit mir – an dem Tag, an dem mir klar wurde, daß sie niemals mein sein würde, fühlte ich plötzlich, daß ich sie sehr liebe, daß mir die engen und langen Straßen mit dem Fäulnisgeruch, die Boulevards mit ihren Lichtern und Schaufenstern sehr teuer sind, daß ich die Säle des Louvre und der Nationalbibliothek liebe, das Gebäude der Sorbonne und die kleinen und großen Cafés nahebei, die Geschwindigkeit der Metro und das Rasen der Automobile, dieses ganze buntscheckige Publikum, das für einen Augenblick in ein Bistro hineingeht, um einen Cognac zu trinken, ein Sandwich zu essen und einer zur Arbeit eilenden jungen Frau kurz nachzublicken ... Die Abende an der Place de la Concorde ...

Vielleicht werde ich dieser Stadt noch Briefe schreiben, und in ihnen werden zarte, liebevolle Worte sein, die sie zärtlicher liebkosen als jene, die ich ihr sagte, als ich bei ihr war – wie Deine Briefe an mich.

Es schneit. Und ich fühle, daß dieser Schnee immer noch Dein Schnee ist, daß dieser Tag immer noch Dein Tag ist, weil ich noch *hier* bin.

Wo werde ich sein, wenn kein Himmel sich mehr über mir ausbreitet, der es versteht, Schneewolken zu umarmen? – Wo wirst Du sein? Ruth

16 Über die letzten Segel

Viele Tage war Immanuel nicht bei Ruth. Und als er dann kam, war in ihr schon die Gewißheit des Abschieds, und sie sagte traurig, doch mit einem Mut, der beide verwunderte, daß alles, was war, nicht gut gewesen ist, daß menschliche Beziehungen einfacher sein müssen, gerader und tiefer. Und daß es im Grunde gut sei, daß sie von ihm weggehe, sich allein auf den Weg mache. Und an einem neuen Ort benötige sie, wenigstens für den Anfang, keine Tragödien, sondern geklärte Ruhe, Bewegungsfreiheit und reine Luft, unvergiftet von Liebesleid und Betrug.

Möglicherweise weinte sie, nachdem er gegangen war, doch das wußte er nicht.

Marseille, 11.11.34

El, meine Reise ist an der Küste angekommen. Meine letzte Station an Land. Und ich verabschiede mich von der Kälte dieser Tage und von Dir ein zweites Mal. Und ich verabschiede mich mehr als zuvor. Und wieder, wie damals, zu Beginn meiner Reise – weine ich nicht.

Viel habe ich Dir von meinem Weg geschrieben, und ich schrieb wahrscheinlich anders, als Du es erwartet hattest. Ich habe Dir nicht die Aufmärsche der Sturmtruppen beschrieben, nicht die Verlassenheit auf dem Platz vor dem Reichstag in Berlin, ich schrieb nicht von der Gotik in Köln und von dem berühmten Manneken-Pis in Brüssel, und aus Paris schrieb ich nicht von den Folies-Bergère, von der Mona

Lisa und der Venus von Milo, vom Spiegelsaal in Versailles … Ich schrieb Dir von meinen Träumen, von Gefühlen, die Dir längst bekannt sind, von Sehnsucht und Gedanken, die vielleicht auch beim Sitzen in meinem Zimmer, hundert Schritte entfernt von Deiner Wohnung und Deinem Arbeitsplatz, hätten kommen können. Es ist möglich, daß Du an meine Reise nicht glaubst, dennoch bin ich schon fern von Dir, und Du warst schon vorher fern von mir – vielleicht schon immer.

Und jetzt sehe ich vor mir das Meer und große Schiffsungeheuer, und ich beginne, die Bedeutung des Ausdrucks »in See stechen« zu verstehen.

Schiffe am Ufer – einerlei, ob es Dampfschiffe unserer Zeit oder Segelschiffe aus der Zeit Vasco da Gamas sind – haben immer das Streben nach Fahrt übers Meer und Eroberungen an sich. Der Geruch unbekannter ferner Länder entströmt dem Rauch der Schornsteine, den Kleidern der Matrosen, dem Meer.

Allerdings wären Segel romantischer. Man könnte fortsegeln, Routen suchen und träumen, daß es mitten im Meer eine Goldinsel gibt und es möglich ist, dort an Land zu gehen, sich auszuruhen und Suppe zu kochen, und plötzlich würde die Insel sinken, und die Seefahrer würden zu ihrem Erstaunen erkennen, daß es ein riesiger Fisch war, der sich zum Ausruhen zwischen den Wellen niedergelegt hatte; man kann träumen, daß es ferne Inseln im Meer gibt, die Vogelflügel haben und wie Papageien die menschliche Sprache sprechen; man kann auch glauben, daß es in einem fernen Land, irgendwo zwischen Spanien und Indien, Edelsteine

und Gold und Silber zuhauf gibt und wundersame Menschen mit Gesichtern auf der Bauchmitte – ich selbst habe all diese Wunder gesehen, auf einer alten Karte des türkischen Seefahrers Piri Reis, die auf Kolumbus zurückgeführt wird.
Die Tage der Segel sind nicht so fern, doch heute wissen wir alle, daß diese Schiffe hier ihr Ziel mit vollkommener Sicherheit ansteuern, wie bei einer Fahrt, die auf festgelegten Gleisen geradewegs von einer Station zur nächsten führt. Und wenn Auswanderer nach Amerika vor einigen Jahren noch von Ländern voller Silber, Gold und Edelsteinen träumten, so wissen wir heute, daß es solche Länder nur in Kindermärchen gibt. Und jene von uns, die noch dazu neigen, an Wunder zu glauben, werden vielleicht an Scylla und Charybdis glauben, an Stürme, die Opfer fordern und den Propheten Jona und die Passagiere der »Titanic« und der »Niobe« verschlingen. Doch wo sind sie, die glänzenden Goldinseln mit den Papageienflügeln und der Menschensprache?
Nicht um Länder zu erobern, Indianer zu besiegen und unsere Hände mit Gold und Diamanten zu füllen, brechen wir auf. Wir brechen auf, um uns eine große Lebensgeschichte zu erobern, die wachsen wird auf karstiger Erde, die nicht nur keine Smaragde und Saphire birgt, sondern sogar Kartoffeln und Schriftstellerhonorare nur schwerlich hergibt. Doch der abenteuerliche und mühselige Kampf, der uns dort erwartet, ist nicht leichter als der Kampf gegen die Indianer, auch nicht weniger interessant. Und die Schätze werden wir nun nicht mehr durch Betrug bekommen; für Glasperlen, bunte Baumwolle und eine Portion Tabak wird man uns nicht mehr die Pelze und das Gold aushändigen. Wir werden

bestimmt für alles mit unseren besten Kräften zahlen, mit Geist, mit Poesie, mit Gefühl, mit arbeitenden Händen und zielgerichtetem Blick. Deshalb ist uns nicht nur der Lohn, den wir erhalten werden, kostbar, sondern der Preis selber, den wir für das Eroberte entrichten. Wahrscheinlich haben wir ein wenig Anstand in den Jahren der menschlichen Geschichte gelernt, wir haben gelernt, daß der Genuß des Bezahlens manchmal nicht geringer ist als der Genuß des Bekommens.

Mit Bewunderung und Zuneigung betrachte ich diese schweren Schiffe, die mit solcher Leichtigkeit die Meere zu überqueren wissen. Ich weiß: Sie führen mich zum einzigen Schlachtfeld, auf dem ich um mich und für mich kämpfe.

Heute will ich aufbrechen. Heute will ich meine Vergangenheit hinter mich werfen und nur die Dinge, die ich zum Weitergehen unbedingt benötige, mitnehmen.

Das ist das Happy-End meiner Reise: Es ist glücklich, weil es mitnichten ein Ende ist, weil es ein Anfang ist und weil diesem Anfang ein starkes Wollen und großer Elan innewohnt und auch – spotte nur, wenn Du magst – viel Glauben.

In meinen Briefen an Dich war viel Melancholie. Viel sprach ich von Einsamkeit. Dieses Kapitel ist noch nicht beendet, und es wird auch nicht so bald beendet sein, wird wahrscheinlich nie beendet sein. Doch auch der Weg der Einsamkeit ist ein Weg, der zu einem »Vorwärts« führt. Nun will ich mein Reisegebet mit Freude sprechen und gehen. Hier lasse ich einige Tränen zurück. Es werden nicht die letzten sein, ich weiß es. Und meine Liebe zu Dir lasse ich noch nicht zurück, ich nehme sie mit mir, obwohl sie nicht zu den

»notwendigen Dingen« gehört, meine Schritte nicht zur Ruhe lenkt – und ich an eine Begegnung nicht glaube, Ruth.